KB195414

지스윗

저
스
트

워
킷

박 송 이 시 집

세종마루

작가의 말

쑵니다. 쓰니까 써집니다. 팔을 흔들면서 쓶니다. 두 다리로 쑵니다. 미역국을 사랑해서 쑵니다. 바람개비 같은 인간형이 되고 싶어서 쑵니다. 선풍기가 싫다는 말이 아니라는 걸 알아주십시오. 쑵니다. 밥을 먹고 쑵니다. 굶은 날에는 한 줄을 더 쑵니다. 얼룩, 덜룩을 쑵니다. 속눈썹에 낀 눈곱을 쑵니다. 세수합니다. 맑음을 쑵니다. 빗길을 쏘다니는 비 맞는 개들을 쑵니다. 분리수거장에 갑니다. 소파에 앉습니다. 아직 푹신푹신합니다. 쓸 만한 것들이 버려지고 버려지는 것들이 아직 쓸 만한 것들이라 쑵니다. 쓸 만하니 쓰고 쓰고자 해서 쑵니다. 쓰지 않는 날에는 마음을 더 쑵니다.

CONTENTS

작가의 말 • 005

1부

빗기는 마음 • 010

우리 같이 볼래요 • 012

저스트 워킷 • 018

울음을 배우는 계절 • 024

마늘 찧는 층간 • 029

육 학년 • 034

나의 아름다운 이웃 • 037

나의 시부모 • 044

전망 이전의 절망 • 049

좋아하는 시인 • 055

애씀과 참말이 깃든 —김사인 시인에게 • 056

나의 대장님 • 062

헤픈 사람 • 066

매미 허물 • 069

다시 0시를 위하여 • 071

루돌프 서향집 • 076

추적검사 • 078

일상지상주의자 • 081

안녕, 비밀 • 083

일몰이라고 너는 그리고 • 087

마법 천자문 읽는 주말 • 089

재생하는 열탕 • 092

미선이 • 095

나는 한심했고 경솔했고 초라했다 • 097

슬픔을 당기세요 • 108

2부

사방에는 쓸모 있는 사람 · 114

싸구려 강냉이 · 116

점자책 읽는 날 · 118

사람이 사람을 죽여도 될까 · 122

별똥별 · 124

말할 수 없는 기적 · 128

마음 빨래터 · 130

제발 죽지 마, 당신 · 135

내가 만약 목동이라면 · 138

인터넷 액세스 없음 · 139

더펄개 ―최승자 시인에게 · 142

도어락 · 144

유품 · 147

수국이 핀 실외기실 · 149

장려상 · 150

부드러운 육체 · 151

용기 · 153

베티 · 156

철제 불사랑 · 157

오감 · 159

물고기 벽지 · 162

동생은 처음이야 · 163

벌교 · 166

마음 개업식 · 167

받아쓰기 · 169

1

파

just

just just just

walk in

몸 풀기

왜 빗나가는 날이 없겠습니까.

아무리 빗나갈지라도 빛나겠습니다.

빛나지 않을지라도 과녁을 탓하지 않겠습니다.

앞으로 저는 밥을 짓고 국을 끓이고 설거지를 하고 그릇을 건조대에 엎어 놓겠습니다. 제 몸에 볕을 쪼이겠습니다. 봄 여름 가을 겨울을 함께 걸어가는 이웃에게 '볕이 참 좋지요.' 라고 상냥하게 말 걸겠습니다. 서향집의 노을처럼 느리게 전진하겠습니다. 시 써내려고 안달이 난 시인이 되기보다는 배춧잎 전을 아주 맛있게 부치는 사람이 되겠습니다.

아침이 오면 눈을 뜨고 밤이 오면 눈을 감을 겁니다. 아침이 오면 쪽창을 열고 창밖으로 손을 내밀 겁니다. 손바닥을 펼칩니다. 참새도 빗방울도 당연한 게 없습니다. 손가락을 코 끝에 댑니다. 감자도 온기도 당연한 게 없습니다. 척추를 세 웁니다. 고개를 젖혀 위든 아래든 왼쪽이든 오른쪽이든 다 둘

러봅니다. 사방에 당연한 게 하나도 없습니다. 제 책이 팔리지 않는다고 자책하지 않을 겁니다. 구름이 흘러가듯 나무가 자라듯 밥을 먹고 이를 닦을 겁니다.

이 빗을 보세요.
촘촘한 간격이 보이나요.
우리는 이 거리에서 기적처럼 만난 겁니다.

자, 오늘 하루도 잘 빗겨 봅시다.

우믄 같이 잘못

그렇다. 나는 친구가 없다. 친구가 없어서 외로운 동물이다. 맛집도 모르고 TV도 없다. 이러려고 태어난 건 아닌데 어쩌다 보니 이 지경으로 살아가고 있다. 친구를 키워볼 생각을 안 한 건 아니다. 정규 교육 시설에 다녔고 12년을 개근했고 교회에 다녔고 하물며 신실했고 대학에서 성적 장학금을 한 차례 받았다. 아무리 빛나는 노력을 해도 친구는 키워지지 않았다. 오히려 친구가 없어서 '나'라는 한 인간에게 집중하는 인간형으로 성장했는지도 모르겠다. 이걸 성장이라고 해야 할지.

알탕을 서빙하고 끓는 국물에 손등을 데고 대학원에 진학하고 회사 비슷한 데서 호침도 찍어보고 대학에 출강한 이후에도 친구가 키워지는 일은 딱히 없었다.

수많은 사람을 겪어낸 이후에 키워지게 된 건,
그러니까 '겪음' 그 자체였다.

알탕에 덴 화상 자국 같은.

독서 모임을 하고 결혼을 하고 아이를 낳고 한숨을 돌리고 이제야 친구를 키울 절호의 기회를 갖게 되었나 싶기도 했지만 여전히 나는 친구가 없다. 남편과 아이? 노노, 친구가 아니다. 이들마저 친구가 아니기 때문에 나는 친구가 없다. 아픈 말을 계속 내뱉는 이유는 나의 '친구 없음'을 자각하기 위한 수준 그 이상을 기대하기 때문이다. 친구란 무엇인가.

'아무리 네가 살인을 저질러도 나는 네 곁에 있을 거야.'라고 말해주는 사람이 내게도 존재했었다. 월세를 못 내 쩔쩔매고 있을 때 아웃백에서 스테이크를 썰어 준 존재도 있었고 절망 속에 있을 때 지구본을 선물하면서 이 세상을 여행하라며 응원해 준 존재도 있었다. 술에 엉망진창 취해 진담을 털어놓는 내 전화를 끊지 않은 존재도 있었고 하물며 갈 곳 없는 나에게 원룸 한쪽을 내주고 시리얼을 마음껏 제공해 준 존재도 있었다.

하나도 소중하지 않은 사람이 없었다.
날 죽이겠다고 할 때에도
날 살리겠다고 할 때에도
네 인생이기도 한
내 인생이었다.

천부적으로 외로운 기질로 태어났다는 몰지식을 집어치우
고서라도 나는 왜 친구가 없는가. 친구 없다는 걸 무슨 자랑
처럼 떠벌릴 필요가 있겠나. 내가 감당했거나 혹은 감당할 수
없었던 수많은 사람을 겪어왔음에도 아직도 더 겪어내야 할
사람이 있다는 말인가.

오늘 오전에 세종 엄마들이랑 독서 모임이 있었고 좋은 사
람들을 만났다. 우리는 서로 경청했고 각자 하고 싶은 말을

꺼냈다. 표정, 낙서, 한숨, 미소를 마주하는 의자 당김의 시간이었다. 모임을 마치고 나름의 감정선을 정리하는 시간, 혼자남아 쓰고 있다. 나는 친구가 없으니까.

남편도 시댁도 친구가 될 수 없다. 역할이 바뀐들 크게 달라지지 않을 것이다. 타인의 슬픔도 타인의 비극도 내 친구가될 수 없다. 친구가 아니다. 내가 키울 만한 성질이 아니라는말. 다만, 독서 모임을 마치고 미미하게나마 알 것만 같다.

겪어보는 일.

그러니까 친구라는 건 겪어보는 일이 아닐까.
그러나 죽음을 겪어본다는 건 얼마나 지독한 일인가.

나는 친구가 없고 사람들이 드문드문 객석에 앉아 있는 곳으로 기차를 타고 일부러 가고 싶다. 상영관을 못 찾는 무거운 영화를 보러 가고 싶다. 누적 관객 수 1만 명 그 안에 끼고 싶다. 역사의식을 키우고 싶다. 사리에 밝아지고 싶다. 존엄이라는 단어를 고이 품으며 살아가고 싶다. 쓰고 싶은 글을 쓰고 만나고 싶은 사람을 만나고 나쁜 사람에게 꿀밤을 때려주는 하루라면 친구가 없어도 견딜 만한 삶이 아닐까.

목요일 저녁, 작은 극장으로 간다.
<1923 간토대학살>을 관람하러 간다.
단, 117분 동안 등받이 의자에 기댄 나의
몸은 얼마나 안락한 천국에 지탱되어 있는가.

땡볕을 걸어가는 사람을 좋아한다.
길 위에서 노래하는 사람을 좋아한다.
발바닥이 뜨거운 사람을 좋아한다.
어디로 가야 할지 모르는 사람을 좋아한다.
걸을 수밖에 없어서 길 위에 선 사람을 좋아한다.

이 길의 끝을 묻지 않고

거리의 간판과 구름의 표정을 읽는 사람을 좋아한다.
한 마디로 걷는 데 일가견이 있는 사람을 좋아한다.

이런 적이 있었다. 대학을 휴학하고 시골집으로 향하는 20
시 20분 막차를 일부러 놓쳐 버렸다. 종점까지 14km, '될 대
로 돼라.' 했다. 삶은 옥수수 알갱이를 앞니로 톡톡 뜯어먹으
면서 폐가를 지나가고 복숭아 과수원을 지나가고 무서운 개
를 지나갔다. 내 인기척에 놀랐는지 울던 벌레가 하던 일을

멈추었다. 울음이 없어졌으니 시골은 더 적막해졌고. '벌레야, 가지 마.' 겁이 나서 내가 울어 버렸다. 울음을 의지했다.

울음도 사라지고 국도 한가운데서 오줌을 누었다.
아스팔트가 놀랐는지 쩍쩍, 갈라지는 소리를 냈다.

또렷한 몸의 물소리가 고마웠다.

또 이런 적이 있었다. 십 년 전, 한여름이었다. 나는 산티아고 순례길을 혼자 걷기로 했다. 파리 샤를 드골 공항에 도착한 다음 날부터 순례자를 상징하는 하얀 조가비를 배낭 고리에 매달고 한 달 동안 걸었다. 프랑스 남부의 국경 마을 생장피에드포르에서 스페인 북서쪽 도시 산티아고 데 콤포스텔라까지 800km는 멀고 긴 행군이었다. 이 무모한 행보를 나열하는 이유는 바로 우리 동네 목사님 때문이다.

우리 동네 목사님은 작년 가을에는 어머니를, 올여름에는 아버지를 여의었다. 은하수공원이 정안 나들목 쪽으로 가는 길목에 있는 줄은 알았지만 연이어 발인식에 가게 될 줄은 몰랐다. 목사님도 또다시 부고 문자를 보내게 될 줄은 몰랐을 것이다. 수풀이 울창했는데 매미들이 울지 않으니까 공원은 마치 정지 화면처럼 적막했다. 화장로 고별실 수골실로 이어지는 화장과 봉안 절차, 이 모든 게 순조로웠다. 사람들은 2층 휴게실 소파에 앉아 조용히 이야기를 나누었고 대형 모니터는 고인의 화로 번호와 화장과 수골의 진행 현황을 실시간으로 보여주었다.

지난 주일 예배 시간에 목사님이 말했다. "저는 엊그제 낮에 충남대학교에서 첫마을 집까지 걸어왔어요." 핸드폰으로 기상청 정보를 찾아보니 엊그제 한낮 기온이 35도였다. 네이버 지도상으로 대전 충남대학교 정문에서 세종시 첫마을 아파트까지 가장 빠른 도보 거리는 20km, 16개의 횡단보도,

30,632번의 걸음, 족히 5시간은 걸리는 거리였다. 열사병으로 쓰러진다 해도 전혀 이상하지 않을 무모한 땡볕 속 걷기였다.

예배를 마치고 어느 교인도 이 젊은 목사에게
왜 그 먼 길을 걸었느냐고 묻지 않아서, 좋았다.

목사님은 걷는 내내 인생이 결코 아름답지 않았노라고 고백했다. 땀으로 범벅된 벌게진 얼굴로 집에 도착한 자신을 보고 가족 역시 아무 말도 못 했다고 했다. 그날 저녁, 초대받은 음악회에서 첫 곡을 듣자마자 마음이 무너졌노라고. 두 팔이 없는 장애인의 하모니카 연주를 들으면서 부끄러웠노라고. 연주곡 제목이 <아름다운 세상>이었노라고.

무너지는 사람을 좋아한다.

처음에는 그냥 걷다가 결국 '너의 집 앞'에 서서
'난 너를 사랑해'라고 고백하는 사람을 좋아한다.

길을 물고 늘어진 사람을 좋아하고
이 무모한 사람을 끌고 가는 길이 고맙다.

눈물을 흘리고 땀을 닦으며
걸어가는 사람은 그냥 걷는다.

뜨겁게 작별하기 위하여,
다만 걸었고 다만 걷는다.

울음을 배우는 계절

'울지 마!'

어린 시절, 나의 어머니는 자식들의 울음을 끔찍이 싫어했다. 자식들을 엄하게 혼내는 경우, 동생과 나는 '잘잘못' 때문이 아니라 우리가 서로 억울해서 터뜨린 '울음' 때문에 더 크게 혼이 났다. '뚝, 그쳐!' 이 말은 회초리보다 무서운 명령이었다. 당시 어머니가 할 수 있는 훈육의 방식이었겠지만, 나로서는 도무지 어머니의 사랑을 느낄 수 없었다. 어머니는 당신의 딸들이 허투루 울지 않고 살기를 바랐다.

어머니가 펑펑 운 걸 처음 본 적이 있다.

임종 직후 외할머니가 돌아가신 날이었는데, 이날 외할머니의 죽음보다 어머니의 통곡이 중학생인 어린 나에게 세게 꽂혔다. 그것은 고스란히 엄마를 잃은 한 아이의 슬픔이었다. 울지 못하는 사람이 아니라 울음을 감춰 둔 어머니의 두 눈

덩이가 퉁퉁 부어올랐고, 못내 그런 '아이'가 불쌍했다. 외할머니 장례를 치르는 동안 나는 우는 어머니 곁을 떠나지 않았다. 이후 어머니가 그토록 운 걸 본 적이 없다.

외할머니가 생전 아꼈던 것은 비룻값도 약값도 아니었다. 외손녀의 어린 눈으로 보자면, 외할머니는 일만 하는 늙고 메마른 소였다. 가난한 농촌의 살림살이였고 아낄 게 참 많았다지만 구슬픈 울음과 호탕한 웃음 한 가락이 아까웠을까. 소리 내어 울지 않는 법에 능숙한 사람은 소리 내어 아픈 법에도 인색한 것인지, 나는 외할머니가 돌아가실 때까지 그가 지독한 병마와 싸웠다는 걸 까마득히 몰랐다.

구부정한 산 능선으로 하루해가 사라질 때까지
그 메마른 너른 논밭에서 외할머니가
파내고 파묻은 건 무엇이었을까.

오래전, 어머니가 외할머니를 떠나보냈듯이 9년 전 나는 어머니를 떠나보냈다. 7월이 오면 유독, 이 두 분이 그리운 이유는 바로 매미 울음 때문이다. 나는 '우는 법'을 잘 아는 매미가 참 좋다. 도통 모습을 드러내지 않지만 울음으로 그들이 거기 있다는 걸 안다. 이면우 시인의 말대로 어쩌면 "사람들이 울지 않으니까/ 분하고 억울해도 문 닫고 에어컨 켜 놓고 TV 보며/ 울어도 소리 없이 우니까"(「매미들」) 우리를 대신하여 매미들이 울어주고 있는 건지도 모른다.

문정희 시인은 "이 세상 사람들의 울음/ 까무러치게 대신 우는 법/ 알아야 하리"(「곡비」)라고 노래했지만, 그러나 대신 울어주는 일은 얼마나 어려운 일인가. 우리가 '아이'였을 때 자기 울음을 온전히 품어준 단 한 번의 체험이 우리에게 이토록 소중한 까닭이다.

고백하자면, 9살과 7살 두 아이를 기르는 동안 하루도 거

르지 않고 가장 어려웠던 건 아이들 울음을 들어주는 일이었
다. 아이가 내 말에 복종하듯 울음을 뚝, 그치는 게 결코 능사
가 아니라는 걸 잘 알기에 울음에 관해서만큼은 나는 신중한
사람이 될 수밖에 없다.

어떻게 당신들의 대물림을 끊을 수 있을까.

일단 나는 아이가 울면 '울지 마!'라고 말하지 않는다. 흘
러나오는 아이 감정의 수도꼭지를 잠그지 않는다. 울음은 사
람의 체기를 뚫는 소화제 같은 것이어서 언제든 꺼내 먹을
수 있게 아이들 호주머니에 상비약처럼 챙겨 넣어 준다. 울고
싶을 땐 언제 끝날지 모르는 태평소 시나위처럼 실컷 울어야
한다고 생각한다.

나는 아이가 매미처럼
잘 우는 사람으로 컸으면 좋겠다.

우는 법을 모르는 사람이 울고 있는 사람을
이해하기란 쉽지 않으니까.

혹여나 울음을 배우지 못한 당신이라면 7월, 매미들로부터
우는 법을 수강하기를 권해 본다. 창문을 열어 보라. 이 울음
들, 무료라니, 이 얼마나 화통한가. 매미가 사라진 여름을 상상
할 수 없다면 우리는 이미 울음을 사랑하고 있는 게 아닐까.

나는 외할머니와 어머니가
여름마다 매미로 환생했으면 좋겠다.

여름이 오면, 벚나무 참나무 곁으로 가서
귀를 열어두는 이유다.

마늘 찧는 중간

윗집이 마늘을 찧는다.
쿵쿵쿵 절구통이 울린다.

허깨비가 사나.

누군가와 나 사이에 마늘이 끼어드는 날. 걸리적거린다.
면봉으로 귓속을 후빈다. 아무리 파도 파도 이 쪼그만 귓밥뿐
이고. 위층에선 공연이 열렸고 퍼커션이거나 드럼이거나 다
듬이질이거나 타악기 무료 공연이라니. 비자발적이긴 하나,
여하튼 초대받은 자는 먹먹한 귓속을 잠금해제하는 수밖에
없다. 절굿공이가 하던 일을 멈추기도 한다. 음이탈한 마늘을
도로 주워 담는 모양.

김치를 담그려나 그러기엔 아직 김장철이 멀고 찧어둔 마
늘을 그새 다 먹었나 그러기엔 마늘 찧던 날이 엊그제이고.
무슨 수로 그 많은 마늘을 다 먹을까. 아이들이 태권도 학원

에서 돌아오기 전, 마늘 찧는 소리를 된장국에 풀고 휘휘 젓는다. 위층의 저녁 요리가 궁금하고 냉장고와 그의 살림마저 궁금해지다가 찧으면서 고루 잘 뭉개졌을 그 찐마늘마저 궁금할 지경.

쿵쿵쿵 쿵쿵쿵.

독감에 걸린 날, 종일 누워 마늘 찧는 소리를 듣는다. 아이들 발망치를 듣는다. 우리 집 변기 물 내리는 소리를 듣는다. 고래고래 나의 괴성을 듣는다. 나의 천장이 누군가에겐 바닥일 터. 누군가의 천장이 나에겐 바닥일 터. 우리의 층간이 이리도 가깝다니. 천장과 바닥의 동시성이랄까. 위아래 남사스러운 교감이 끼어든다. 마늘 찧는 소리를 마늘 찧는 소리로 들을 수 있도록 불평의 귀를 막는다. 그리고 윗집과 우리 집 사이에 차려진 콩나물무침이라든지 된장국 같은 저녁 식탁을 둘러본다.

누군가와 나 사이를 비집고 들어온

아릿한 층간 마늘이 간이 잘 배어 있다.

우리 집은 필로티 2층이다. 그래서 아래층이 빈 셈이다. 두
두두두 아이들 발망치로 종잡을 수 없는 나의 괴성으로 민원
한번 넣지 않은 빈 아래층을 생각해 보지 않을 수 없다.

오늘 저녁에 동시집 『누군가 그리우면』을 읽었다.
이 책을 다 훑고 나니 최도규 아저씨가 지은
「교실 꽉 찬 나비」가 가장 마음에 들었다.

어쩌다
교실에 날아든
한 마리 나비

책을 쓸던
까아만 눈들을
모두 낚아 올린다.

책갈피 뛰쳐나간
눈망울들도
장난 속을 튀어 나와
살포시 여는

앞니 빠진 입들

선생님도 슬그머니
빼앗기는 눈동자.

대충 이런 것이다.
무슨 뜻인지 스스로 알아서
나중에 좋은 시를 짓는
시인이 됐으면 좋겠다.

내가 육 학년 때 쓴 동시다. 동시가 무언지도 모르면서 쓴
동시. 아마 저 때부터 "좋은 시를 짓는 시인"을 다짐했던 모
양이다. 열 살 때 독후감을 써서 장려상을 받았다. 운 좋게 운
동장 연단에 올라 상장을 받는 기쁨을 알게 되었다. 어쩌다
나비 한 마리가 교실에 날아들어 왔을까. 저 아이는 "까아만
눈들"을 낚아 올리는 나비 한 마리가 되고 싶었을까.

어린 시절, 시골 아이 마음의 물꼬를
터준 게 저 나비인 것만은 확실하다.

웃음의 이름다움

첫애를 임신하고 세종시 한솔동 첫마을에 정착하기로 한
건 순전히 금강 때문이었다. 삶의 새 터전이 필요했고 그곳이
아주 낯설지 않은 곳이었으면 했다. 어릴 적 나는 시골 냇가
근처에서 살아 본 적이 있는데 이곳 행정중심 복합도시에서
가장 친숙한 게 바로 강이었다. 오전에는 남편과 오후에는 혼
자 금강 수변으로 마실을 다녔다. 밋밋했던 배가 봉긋 불러온
것은 수변의 금계국이 만발하는 딱 이맘때였다.

모든 것이 아름다웠고
내가 누렸던 가장 충만한 유월이었다.

나의 태교는 금강이 다 해냈다. 그러니까 세종에서 맨 처
음 사귄 이웃이 금강인 셈인데, 강물은 나에게 많은 것을 베
풀어 주었다. "나는 하얀 것, 느슨한 것을 사랑한다."(헤르만
헤세, 「하얀 구름」)라는 시를 가르쳐 준 것도 금강이었고 "저
먼 데 구름이 부드러운 배냇저고리로 펄럭이고"(졸시, 「입

덧」)라는 시를 짓게 해 준 것도 금강이었다. 뭉게구름에 온통 신경이 팔려있으면 고약한 입덧이 멎곤 했다. 그러면 뱃속 아기가 싱싱하게 꼼지락거렸다.

기쁨아,
이건 햇볕이고
저건 바람이야.
강이 느껴지니?

그러나 고백하자면, 아무도 모르는 이 낯선 신도시에서 어떻게 살아가야 하나 막막하고 불안했다. 일단 홑몸이 아니었다. 사람을 사귀는 일은 보통 일이 아니었다. 요가학원에 등록할까 독서 모임에 가입해 볼까 고민해 보았지만 무엇 하나 엄두가 안 났다. 그중 가장 만만한 건 세종보가 내려다보이는 쉼터였다. "강물아 흘러 흘러 어디로 가니" 나는 왜 여기로 흘러왔을까. 아기를 낳아 잘 기를 수 있을까. 몸에 늘 걸쳐 있

지만 아무나 쉽게 들춰 볼 수 없는 속옷 같은 마음을 나는 금
강에게 흥얼거리듯 털어놓았다. 그러면 어느샌가 마음들이
강물에 수북이 쌓였고 그 쌓인 마음들은 무심히 잘도 흘러갔
다. 그 마음들이 어디로 흘러갔는지는 꼬치꼬치 캐묻지 않았
다. 대신 벤치에 앉아 강아지와 산책 나온 사람들과 자전거
라이딩하는 사람들과 눈을 마주쳤다.

『임신 출산 육아 대백과』를 읽거나 금강 모래톱에 핀 잡풀
을 보거나 이름 모를 새 떼를 실컷 구경하다 보면 어느덧 해
가 뉘엿뉘엿 저물었다. 그러면 금강 수변으로 산책 나온 첫마
을 주민들이 하나둘씩 보였다.

　출산을 앞두고 제법 무거워진 몸으로
　이들을 느릿느릿 따라 걷다 보면
　석양빛에 물든 몸과 마음이 순해졌다.

말랑말랑 해동이 된 걸까.

주민이 이웃으로 은근슬쩍
자리바꿈하는 시간이었다.

우리 가족은 자그마치 구 년을 첫마을에서 눌러살고 있다.
뱃속 기쁨이는 아홉 살이 되었고, 두 살 터울 남동생이 있다.
최근에 읽은, 루리의 『긴긴밤』에는 꼭 우리를 닮은 '코뿔소'
가 등장한다. 가장 감동스러웠던 대목은 이거다. "나는, 원래
불행한 코뿔소인데 제멋대로인 펭귄이 한 마리씩 곁에 있어
줘서 내가 불행하다는 걸 겨우 잊고 사나 봐."

세종에 터를 잡고 사는 동안 수많은 아름다운 '제멋대로
인' 펭귄들이 내 안으로 흘러왔고 흘러갔다. 나 역시 누군가
에게 '제멋대로인' 펭귄이 되어 주기도 했고 그러지 못하기
도 했다. 그러면서 중요한 걸 알게 되었다. 세종은 정부청사

공무원들이 거주하는 도시인 반면에 각양각색의 사연으로 삶의 터전을 세종으로 삼은 이들의 도시라는 걸 말이다. 물론 나는 후자에 속한다. 막 돌 지난 첫째를 아껴준 민간 어린이집 선생님, 편의점 사장님, 김밥가게 사장님, 물결 놀이터에서 가까워진 아이 친구 엄마.

이웃의 마음에 노크하면 누구 하나
흐르지 않는 강물이 없었다.

작년 칠월, 금강을 기억한다. 자전거 도로뿐만이 아니라 쉼터 지붕마저 침수되고 제방까지 범람했던, 학나래교에서 본 첫마을 수변 풍경은 참담하고 무서웠다. 기상청은 칠월 첫주 내내 전국에 장맛비가 내릴 것으로 예고했다. "원래 불행한 코뿔소"가 내 안에 살고 있듯이 올여름 또다시 빗물이 쳐들어올지 모른다. 우리는 이 '긴긴비'를 대비해야 한다. 유월 끝자락에서 나의 아름다운 이웃들에게 안부를 건네고 싶다.

올 장맛비에 당신의 몸과 마음의 터전이
부디 무사하기를, 아주 가까운 거리에서 빕니다.

한 마리 펭귄 올림.

시부모

　나의 생물학적 부모는 두 명이지만 나를 키워준 시(詩)부모는 이보다 훨씬 더 많고, 그들이 대부분 충청도 출생이라는 점이 제대로 신기하다. 여기 길지 않은 지면에 세 시인을 모시는 이유는 지극히 개인사적인 특별함 때문이지만 나와 충청도의 관계에서 이들을 빼면 무엇이 남겠는가.

　최승자 시인은 치기 어린 나를 키웠다. 스무 살 때 나는 "아무 부모도 나를 키워주지 않았다"(「일찌기 나는」)라고 굳게 믿었으므로, 그의 시는 경전이었고 문신이었다. 이십 년이라는 출간의 격차를 두고 읽은 『이 시대의 사랑』(1981)을 제멋대로 오독한 탓이 크겠지만, 그의 뼈아픈 시를 읊고 마음에 새긴 탓에 고아의 심정을 잃어버리지 않을 수 있었다.

　그래야 미운 우리 부모를
　열렬히 원망할 수 있었으니까.

그러나 지금은 아니다. 이십 대에서 사십 대가 되면서 철이 든 거라고 섣불리 단정하고 싶지는 않다. 다만, 중요한 걸하나 알아차리게 되었는데 어릴 적 충남 연기군(현 세종시)에 살면서 더펄개라는 별명을 가진 야위고 못생긴 아이, 그 '슬픔'을 간직한 아이가 비단 최승자 시인만은 아니라는 것이다. 속내를 나누는 사이일수록 타인의 마음에서 그 아이는 쉽게 발견되었다.

어루만질 수 없을 정도로 깊숙이 상처 입은 아이, 이 시대의 '사랑'을 애써 읽으려 하면 할수록 그 더펄개는 '나'였고 '너'였고 우리 '이웃' 중 한 명이었다. 엄마를 잃었거나 아빠를 잃은 우습고 딱한 아이들이었다. 내가 그토록 미워하고자 애썼던 "쥐구멍에서 잠들고 벼룩의 간을 내먹"던 내 가여운 부모가 어쩌면 정말로 그 더펄개였는지도 모를 일이었다.

몇 해 전, 엄마가 성가롤로 호스피스에서 이승에서의 마지막 호흡을 몰아쉴 때 나는 김사인 시인의 『어린 당나귀 곁에서』(2015)로 엄마의 '죽음'을 견뎠다. 이 말은 과장이 아니다. 엄마가 떠날 채비를 마친 그날, 삐쩍 마른 손을 붙들고 "앉은뱅이책상 앞에 무릎 꿇은 착한 소년"(「공부」)처럼 "'우리 어매 마지막 큰 공부 하고 계십니다'"라고 나는 읊조렸다.

이 시구절을 미처 찾지 못했더라면 미숙하고 무지하기 짝이 없던 나는, 그날 엄마의 죽음을 그처럼 결코 '배웅'하지 못했을 것이다. 물론 엄마와 작별하고 싶지 않았기에, '죽음' 이외의 다른 말이 필요했기에, "어머님 떠나시는 일"을 "마지막 큰 공부"라고 한 그의 말에 기꺼이 동참한 거겠지만 말이다. 어쨌거나 큰 빚을 졌고, 그로부터 어떤 마음가짐을 배웠다.

김사인 시인은 "시 공부는 말과 마음을 잘 '섬기는'데에 있고, 이 삶과 세계를 잘 받들어 치르는 데 있다"라고 말한다. 이 말은 고향을 대하는 그의 태도에서 유독 빛난다. 그의 고향, 충북 보은군 회남면 신곡리는 수몰되어 없어졌지만 그는 누구도 원망하지 않는다.

대청호라는 맑고 명랑한 고향을 얻은 탓일까.

그는 먹먹한 마음을 깁고 다듬어 그 수몰된 삶을 시로 치러낼 뿐이다. "가난했으나/ 지상에서 가장 따뜻하고 아름답던 곳"(「아이들 자라 고향을 묻거든」)을 기꺼이 추억하는 자, "무심한 저 물 앞에 서서 그리운 이름을 소리쳐 부르라"라고 명령하는 자, 마땅히 그리워할 것을 그리워하는 자로, 저 깊고 깊은 고향을 섬기고 받드는 것이다.

최근 신경림 시인이 우리 곁을 떠났고, 그는 고향인 충북 충주 노은면 선영에 영원히 잠들었다. 많은 문인이 "시의 고아가 된 심정"이라고 토로한다. 그러나 우리는 안다. 당신이 남기고 간 시가 있는 한 우리는 고아가 아니다. 우리는 당신의 시를 먹을 것이고, 자랄 것이고, 당신의 시대로 삶대로 "가난한 사랑노래"를 따라 부를 것이다. 그의 영전을 마주하면서 이제야, 이게 자식 된 길이라고 믿는다.

2011년 한국일보 신춘문예 심사위원으로 나의 못난 시를 뽑아준 시(詩)아버지, 그에게 나는 수많은 시인 가운데 시인이라는 명찰을 달고 턱없이 부족한 시를 쓰는 그저 한 명일 테지만, 그는 나에게 무수한 아버지 중, 단 한 명이다.

사월은 풍선이다.

풍선을 보느라 사월이 다 갔는지, 사월의 끝에 이르니 풍선밖에 안 남았는지 모를 일이다. 가는 길목마다 '마음'이라는 소지품을 빠뜨리지 않는다면, 만나야 할 우리는 어떻게든 만나게 되어 있다. 우리를 '너'라고 불러도 좋겠다.

너라는 풍선.
그곳에 가면, 약속 없이
너를 약속처럼 만날 것만 같다.

지금, 이응노 미술관에서는 <투게더(Together)―세상과 함께 산다는 것>이라는 주제로 지역 현대미술 작가 기획전이 열리고 있다. 나무와 숲의 이미지를 목탄 드로잉으로 표현하여 생사의 순환 관계를 보여주는 정용일, 고대 벽화의 양식에서 시간의 가능성을 탐구하는 사윤택, 유리에 비친 도시의 이

미지로 세상을 새롭게 발견하는 김해숙, 풍선을 불안의 표상과 해소의 매개물로, 이를 세상을 바라보는 창틀로 등장시키는 이동욱을 만날 수 있는 자리다.

이번 전시가 관람객에게 던지는 물음은 '동시대 작가들의 생각과 경험의 전망을 어떻게 바라보아야 할까?'이다. 리플렛에 작성된 '전망'을 '절망'으로 특별히 오독해 보는 것은 작가들의 작품의 심연에 절망이라는 거름이 뿌려져 있을 거라는 믿음 때문이다.

전망 이전에 절망을 앞세우고 싶은 이유다.

어떤 작품은 보는 작품이 아니라 '한 사람'을 체험하게 만든다. 이동욱의 작품이 그러했다. 도저히 그림을 그리고 싶어도 그릴 수 없었을 때 그에게 환영(幻影)으로 나타난 빨간 풍선이 그의 불안한 청춘을 마치 환영(歡迎)이라도 해주듯이 마음 깊이 스며들었다고 한다. 공황과 불안장애에 시달렸다던 그의 이십 대 시절이 아주 멀고 먼 옛날이 아닌데도 그의 아픈 서사가 아련하고 애틋하다.

새싹이 파랗게 돋아나는 봄철, 자신을 얇은
막으로 되어 있는 연약한 존재로 인식하면서

그는 언제 터져서 사라질지도 모른다는 불안을
해소하기 위해 더 큰 불안으로 전진해 온 것이다.

이번 전시회에서 가장 사로잡혀 버린 이동욱의 <도틀굴>(2023)이라는 작품을 바라보는 내내 일면식이 없는 그와 너무 사랑하는 친구가 되어 버렸다. 김해자 시인의 「밤 속의 길」의 시를 빌려, 그는 끓는 물에 한번 푹 삶아진 밤 같았다. '화탕지옥'과 '칼산지옥'에서도 살아남은 사람, 깜깜한 어둠을 뚫으며 가고자 하는 곳으로 꾸물꾸물 기어가는 사람, "집

이자 밥이었던 살 속에/ 누런 길"을 내는 그런 사람 같았다. 언젠가 터져서 사라져 버린 풍선들을 불러오는 일, 마치 이게 자신의 의무가 되어 버린 사람 같았다.

대학교수로 대학 강단에 선 지 여러 해가 지났다. 이번 학기에 담당한 학생 수를 낱낱이 세어보니 135명이다. 지난주에 한 명이 자퇴하지 않았더라면 136명이었을 것이다. 한 명한 명의 대학생들의 불안과 상실의 서사, 그것의 목격자가 아닌 방관자가 되어 대학생들의 감상문을 '평가'하는 것이 직업이 되어 버린 나에게 절망하고 덜 절망하기 위해 시를 읽는지도 모르겠다.

윤동주의 시 「병원」에 나오는, 젊은이의 병을 모른다고 했던 그 "늙은 의사"가 되고 싶지 않기에, 절망을 성찰하기 위해 미술관으로 가는 건지도 모를 일이다.

빨간 풍선 한 개가 어디론가 날아간다.
자퇴의 전망을 어떻게 바라보아야 할까?

비스와바 쉼보르스카의 말대로 "우리가, 세상이란 이름의
학교에서/ 가장 바보 같은 학생일지라도/ 여름에도 겨울에
도/ 낙제란 없는 법"이다. 그렇다면 어떻게 해야 할까?

홀로라는 견딤을 함께하기 위해,
절망을 마주하고 절망을 꺼내 놓기 위해,
약속 없이 '너'에게 가는 수밖에는 없다.

풍선이 되어 날아갈까?

시인의 말

나는 나를 부끄럽게 만드는 시인들을 좋아한다.
좋은 시인의 좋은 시는 그저 그런 넋두리로
언어 놀음으로, 팔자소관으로
시 쓰는 사람을 반성하게 하니까.

가령, "김천의료원 6인실 302호에 산소마스크를 쓰고 암
투병 중인 그녀"(문태준의 「가재미」), "해 지면 달 지고, 달 지
면 해를 지고 걸어온 길 끝 적막하디 적막한 등짝에 낙인처
럼 찍혀 지워지지 않는 지게 자국"(손택수의 「아버지의 등을 밀
며」), "이 밤 마당의 양철 쓰레기통에 불을 놓고 불태우는 할
머니의 분홍색 외투"(신기섭의 「분홍색 흐느낌」) 등등.

몸을 통과한 언어는
함부로 아름다워지려 하지 않는다.

위쓸과
잠말이 짓는
—김시인
시인에게

엄마 없이 시골 버스를 혼자 타고
맨 처음 간 곳은 읍내 서점이었다.

학습지 매대를 지나쳐 고심 끝에 고른 책은 『세계의 명시』
였다. 릴케는 외톨이 기질이 다분했던 나에게 "고독은 비와
같은 것"(「고독」)이라는 말을 가르쳐 주었다. 책 모서리가 접
힌 '고독'을 나는 수시로 들락거렸고 "강물과 함께 흘러"가
는 고독한 사람들을 흠모하게 되었다. 미숙하고 무지하기 짝
이 없던 나는 까마득한 밤이 오면 낯선 시인들의 시집을 닥
치는 대로 읽었고 사무치게 필사했다.

좀 더 나은 인생을 살고 싶었고
그저 간절했다.

어느 날 <인문학극장-시가 나를 불렀다>라는 2년 전 기획
공연 영상을 유튜브 알고리즘으로 보게 되었다. 마음과 힘

을 다한 우연이었다. 대담자로 나온 김사인 시인의 목소리는 "외로운 떨림들"(「풍경의 깊이」)로 절실했고 단호했다. 그는 방언하듯 공수하듯 말을 불러내는 자들이 시인이라 말했고 그는 방언하듯 공수하듯 사사롭지 않은 말들을 황홀하게 읊조렸다.

'시인은 애를 쓰며 말하는 자이고,
시는 애쓴 말이다'라는 그의 주술을
곱씹어 삼키고만 싶었다.

올해 여름 김사인 시인의 「공부」를 읽으면서 폭우를 견뎠다. 사철나무 삽목들을 애지중지 키우던 비닐하우스에 빗물이 어른 키만큼이나 차올랐다. 애쓴 것들은 한순간에 망가졌고 나무 농사를 망쳐서 어떡하냐고 사람들은 걱정했다. 빗물이 빠진 처참한 비닐하우스에서 흙떡이 된 플라스틱 화분들을 호스를 길게 끌고 와서 씻겨냈다. 물배가 찬 꼬맹이 나무들은 살아나지 못했고 나는 그것을 쓸어모아 마대에 담았다.

　애쓴 시늉이겠으나
　'다 공부지요'라고 말하고 나니
　좀 견딜 만해졌다.

　비가 그쳤고 「공부」를 외울 지경이 되고 나서야 나는 이 시가 애쓴 말에 대한 본색이라는 걸 넝마주이 같은 비닐하우스 안에서 깨달았다. 활자로 구현된 시 전문 속에서 유독 작은따옴표로 맺힌 속말에 주목하게 되었는데 '다 공부지요'와 '우리 어매 마지막 큰 공부 하고 계십니다'라는 두 말이 "어머님 떠나시는 일"(죽음)에 대한 강력한 응대의 말이듯, 그것은 나의 기도와도 맞닿아 있었다. 나는 죽은 어린나무들과 아직 작별하고 싶지 않았다. 나무가 죽음이 되지 않기 위해서는 '죽음' 이외의 다른 말이 필요했으므로 나는 그의 '공부'라는 말에 기꺼이 동참했다. 그러니까 '우리 나무 마지막 큰 공부

하고 계십니다'라는 말이 성립할 수 있었고 나는 이 말에 크게 위로받았다.

'공부'가 아니었더라면 이 여름은
아득하기만 했을 것이다.

비는 오고 그치기를 반복했다. 인생을 살아가는 동안 "떠나시는 일"과 "남아 배웅하는 일"은 속수무책으로 벌어지고 그것은 서러운 일임을 잊지 말라는 속울음 같은 비. '우리 어매'의 죽음을 직면한 "무릎 꿇은 착한 소년"들이 맞는 비. 그것은 고맙다기보다는 차라리 서러운 비였다. 그래서 '다 공부지요'라는 말은 스스로 견딜 말한 힘을 장착한 내면의 발화인 셈인데 '내'가 애를 쓰며 "앉은뱅이책상 앞"을 지키는 이유는 죽음을 피하기보다는 '어머님'의 죽음을 견디고 싶었기 때문이리라.

김사인 시인은 지상에 뿌리 내린 존재가 자신의 한평생을 매듭짓는 일이 죽음이라는 걸 너무나 잘 안다. '어머님'이 한 번 '떠나시면' 그것이 영원한 작별이라는 걸 그는 너무나 잘 안다. 죽음을 잘 안다고 해서 죽음을 잘 견딜 수 있겠는가. 공부는 미숙하고 무지한 존재가 덜 미숙하고 덜 무지하기 위해 애쓰는 일이다.

'덜'이라는 부사어의 끝을 생각해 본다.

더 이상 미숙하지 않고 더 이상 무지하지 않은, 저 인생의 끝자락에 놓인 죽음이 시인의 말대로 '마지막 큰 공부'라면 '우리 어매'의 죽음은 삶의 완성을 의미한다. 그러기에 김사인 시인은 "참 좋습니다"라고 말할 수 있는 것이다. 이 말에는 참말이 깃들어 있으리라. "갈잎 지고 새움 돋듯" "누군가 가고 또 누군가 오는 일"이듯 죽음은 무한하고 이 무한한 반복이 마치 죽음의 영원성처럼 느껴진다.

어느 날 죽은 나무가 '새움'을 티운다면
그것은 애쓴 자의 말과 같은 것이리라.

아이 그림을 보면

본 적도 만져 본 적도 없는

주체할 수 없는 사랑이 달려온다.

이 색과 저 색이 한 뿌리에서 피어 있고 이 잎과 저 잎의 콧
잔등에 초승달이 놀러 와 있다. 혼자인 경우는 거의 없다. 누
군가 '나는 누구이며 어디에서 왔으며 나는 무엇이며 어디로
가야 하는가' 하고 묻는다면, 아이는 뿌리가 먼저인지 꽃 대
궐이 먼저인지 그런 건 대수가 아니라며 연대니 다양성이니
하는 그런 복잡하고 어려운 담론을 12색 색연필로 뚝딱 내밀
어준다. 아이가 수학 학원에서 돌아오면 책가방을 뒤져봐야
겠다.

설아, 너 혹시 나 몰래

무슨 학원 다니니?

나는 아이가 그린 그림을 따라 그릴 수가 없다. 그래서 내가 할 수 있는 걸, 그냥 하겠다. 마음이 쏘다니거나 마음이 쏟아지는 사람들은 거의 난독증이 있거나 통기타 초보자일 것이다. 이들을 위한 글쓰기 교실을 열고 싶다. 그냥 시작해 보자. 아이 그림을 보는데 왜 까짓것이라는 용기가 생기는 걸까.

동심은 힘이 세다.
필연적으로 너는 나의 대장이다.

수월함

　계란프라이 하듯 소금 간 알맞게 글을 태우지 않고 부쳐
대는 사람들. 저 뚝심과 절박과 요령은 어디에서 오는가. 실
패의 무한 눈물과 실패의 무한 분노와 실패의 무한 사랑으로
프라이팬에 콩기름을 두르는가. 매일 글을 쓰는 사람이 진실
로 부럽다. 성실함과 노력과 애씀이 고귀하다. 어느 것 하나
쉬운 게 없을 텐데 어느 것 하나도 어렵지 않게 해낸다. 씀씀
이가 헤프고 씀씀이가 체질이니까 마음이 녹슬 겨를이 없다.
귀가 얇은 나 같은 사람은 도무지 흉내낼 수 없다.

　그래, 당신을 두고 하는 말이다.

　심약하고 게으르고 말 한마디에 꼬투리 잡고 물고 늘어지
느라 밤을 새우는 나는, 아무래도 당신 같은 종족을 부러워하
는 데 한평생을 다 쓰고 갈지도 모르겠다.

　시샘이 아닌 존경심을 간직할 줄 아는 사람이 되다니

나이 먹는다는 게 헛일만은 아니구나.

아침에 새 메일을 확인한다. 새벽에 전송된 편지를 클릭한다. 내용은 짧다. "널 만난 건 나에게 행운. 너와 같이 쓴다는 게 나에게 힘. 서로에게 좋은 사람이 되자." 마음이 헤픈 사람으로부터 아침 선물을 받는다. 습한 밤에 켜 놓은 에어컨 전기세와 밤새 오르내린 횡격막 횟수와 딱딱한 의자가 견딘 무게와 지우고 다시 쓴 글자 수가 눈앞에 떠 있다.

세포가 깨어나려면 맑은 물을 마셔야 하니까 당신의 손끝이 누른 행운, 힘, 너, 나, 사람, 서로 같은 단어를 생수 씹듯 꼭꼭 씹어 마신다. 덜 깬 사람을 깨우는 방법도 참 가지각색이다.

지난밤 나는 엎드려 울었다.
당신이 쓴 글을 읽느라 한 줄도 못 썼다.

어설프게 한 줄 쓰지 않는 용기가 어려웠다.

나는 서로가 되고 싶고 좋은 사람이 되고 싶으니까, 당신
이 헤프게 쏟아내는 마음을 헤프게 읽는 쓸쓸이로 응대하고
싶다. 무슨 묘안이라도 발견한 듯 깔깔깔 웃음이 난다.

눈이 퉁퉁 부어도 좋겠다.

윔 물

7월이 되고서부터 아이와 매미 허물을 주우러 다녔다. 나무 둥치에서 수십 개 허물을 수확했다. 7살 둘째는 마트에서 토미카 한 대를 구입할 때의 신중함으로 곤충 채집통에 허물을 모았다. 돈으로 살 수 없는 것들을 생각하며 시간, 허물, 소리, 죽음이라는 키워드에 주목했다. 어렵다. 마치 요즘 내 삶은 마침내 단순해지려다 끝끝내 단순해지지 않으려는 숙제를 택한 꼴이다. 흙 속에서 시간을 견딘다는 거. 허물을 벗는다는 거. 소리를 낸다는 거. 덩그러니 죽어버린다는 거. 어느 하나 쉽지 않은 견딤, 벗음, 소리냄, 버려짐.

매미 허물을 주우면서
매미의 운명을 모으고 있구나 싶다.

이게 내 운명과 무엇이 다를까.

10대는 암흑이었고

20대는 시끄러웠고
30대는 탈피했다.

40대인 지금, 갈라진 등껍질 속으로 도로 숨고 싶을 때가
종종 찾아온다. 내가 태어난 그 방으로. 울고불고하는 짝짓기
시절, 이 시절 이후를 예감하는 일은 아주 쉽다. 매미의 보름
이 지나가듯 나의 보름이 지나가듯 죽음의 스승이 널려 있듯
매미 허물을 본다.

매미를 매일이라고 오독한다.
매일 나의 갈라진 등을 보고 또 본다.

등이 가려운 이유다.

다시 읽으며

스물두 살, 휴학하고
시골에서 아픈 엄마를 돌봤다.
수업도 과제도 없는 나날은 징벌이었다.

엄마는 내키는 대로 수면제를 사 왔고 약에 취해 고꾸라졌
다. 딸이 곁에 있음과 없음은 아무런 소용이 없었다. 엄마의
못된 병이 끝나지 않을까 봐 무서웠다. 병, 병, 빈 술병이 쌓
여갔다. 메뚜기 뒷다리를 부러뜨린 유년의 죄가 떠올랐다.

저녁 논길에서 엄마와 나눈 허허로운 대화도
논두렁에 앉아 동시에 쏟아냈던 오줌도 허망했다.

옥상, 찬장, 옷장에서는 귀신이 출몰했다. 새 술병을 싱크
대에 콸콸 쏟아냈고 빈 술병을 포대에 담았다. 그렇게 스물두
살을 채웠다.

그래, 홍이다.

가난하고 갈 데 없었던 나는

나를 동정하는 편에 서서 오랜 시간을 허비했다.

이 문장을 단숨에 쓰기까지 이십 년이 걸렸다. 철딱서니
없다 해도 별도리가 없다. 애인을 만날 때도 강아지를 키울
때도 화초를 기를 때도 복학해서 친구들 사이에서 엄마라는
탈을 쓴 나는 곧잘 울적하게 굴었다. 쟤는 원래 저래. 동정과
자책 너머가 있을까. 왜 세상은 칸막이로 막혀 있을까. 시인
이 되고 싶었다. 그게 뭔지도 몰랐다. 맨 처음 산 시집은 최승
자의 『이 시대의 사랑』.

얇은 청춘과 작은 사랑처럼

시집은 얇고 글씨는 작았다.

쥐구멍 같은 스승

호수가 투명했다.

건너고 싶었다.

2024년 '0시 축제' 마지막 날. 대전역에서 옛 충남도청까
지 차 없는 거리. 교통 통제 현수막이 쇠기둥에 묶여 있다. 선
화동으로 우회해서 빠져나가야 한다. 저 멀리, 뭉게구름이다.
멀리라는 말, 외국어 같다. 스물두 살이라는 현수막이 펄럭
인다. 길 없음. 막힘. 스물두 살이라는 축제는 비유가 아니다.
실감이다. 잘 나가는 가수가 0시 축제 무대에 오른다. 잘 논
다. 잘 놀다 가면 그만인 것을. 호수를 건너 쥐구멍을 건너 여
기까지 왔나. 스물두 살이라는 통제로부터 풀려난 걸까.

오늘 축제는 끝이 났다.

다음 축제를 위하여,

교통 통제 현수막은

수거될 것이다.

불볕 서향집

우리 집은 서향이다. 정확히 말하자면 서북향이다. 아침 햇살이 부엌의 작은 창을 차지할 뿐 아침이라고 해서 딱히 환해지지 않는 저층이다. 한 마디로 향이 별로라는 말. 이 아파트에서 구 년째 살아가고 있다. 향보다 더 중요한 게 있다는 말. 아침 볕이 창을 통과하는 시간. 부엌 바닥에는 세 뼘 정도 햇살 건조대가 펼쳐진다. 나는 이 바닥에 속옷이나 작은 빨랫감을 설렁설렁 뉘어 놓는다.

매일매일 새 옷을 갈아입는 태양.
때를 지우면서 때를 기다리는 빨래들.

태양과 수건이 다를 게 뭐란 말인가.

KBS 클래식 라디오를 켠다. 연주 곡명은 어렵고 나의 아침 기도는 이보다 짧다. 빨래야, 잘 익거라. 습기를 머금은 내 마음도 바싹바싹 잘 마르거라. 우리 집 거실을 마주한 아이

초등학교 쪽에서 태양 빛이 하얗게 넘실거리면 해질녘이 왔다는 신호다. 이때다 싶은 시간, 나는 통기타를 집어든다. 이제 막 배운 루돌프 사슴코 악보를 펼치고 A와 E7 코드를 번갈아 짚는다.

　서향집에서는 매우 반짝이는 태양이 보인다.
　나도 저리 늙어갔으면 좋겠지, 싶다.

　손가락 끝이 기타 줄을 찾는 동안 햇살이 거실 창을 통과하여 내 몸 구석까지 파고든다. 기타 연습은 족히 한 시간을 넘기지 못한다. 허나 석양만큼은, 이 무더위에 성탄절을 기다리는 내 마음마저 들춰낸다.

　딴 딴딴 딴딴딴, 딴 딴딴 딴딴딴,
　아이 콧바람이 하원한다.

추적검사

지난겨울에 예약한 유방암 추적검사가 있는 날이다. 치밀
유방 미세석회화로 인한 유방암이 의심되어 세포조직검사를
했고 양성으로 판정이 났고 이후로 매년 여름과 겨울 두 차
례 여성센터에서 추적검사를 받는다. 오 년째 추적검사 중.
윗도리를 환자복으로 갈아입는 동안 탈의실에서 가슴 연약
한 사람들이 목걸이를 뺀다.

목에 걸려 있는 불안도
빼놓을 수 있다면 얼마나 좋을까.

옆의 사람도 옆의 옆의 사람도 우리는 한 마음으로
긴 대기실에서 서로에게 말 걸지 않는다.

유방이 확대촬영판에 걸쳐져 있다.
차갑다.

유방조직 두께인지 오르락내리락하다 멈춘 기계판 2.50 숫자에 눈을 고정한 채로 흔들리지 않도록 흐릿해지지 않도록 삼 초 정도 숨을 멈춘다. 숨을 멈추면 덜 아프고 숨을 쉬면 다시 찍어야 하고. 이렇게 여섯 번 촬영을 마쳤다.

촬영 선생님은 매일 몇 개의 유방을 만날까.
유방이 유방으로 보이기나 할까.

작고 얇고 춥고 부끄럽다.
'감사합니다' 하고 얼른 검사실을 나온다.

유선 상태와 물혹 크기를 보여주는 건 확대촬영 기계이고 그걸 해독하는 건 의사들이니 이들이 없다면 누가 나의 유방에 대하여 판독해 줄 수 있을까. 물혹 사이즈가 더 커진 것도 아니고 미세석회 분포 모양이 더 나빠진 것도 아니니 더 두고 보자는 의사의 말씀.

암이 아니라는 말씀.
다시 오라는 말씀.

나의 살과 피와 유방이
꼭 내 것이 아닌 것 같다.

안내 데스크에서 다음해 2월 진료를 예약한다. 수요일 오
전 10시 30분이 좋을 것 같다.

그날도 오늘처럼 작고
얇은 목숨이겠지, 싶다.

일상 지상주의자

너나 나나 다를 이유가 하등 없다.

우리가 같이 이 숨을 같이 나눠 쉬고 있다는 게 참 좋다. 들녘의 벼들이 나풀나풀 익어가듯 까만 머리카락이 하얘지는 일이 참 좋다. 어느 가수의 우리가 늙어가는 게 아니라 함께 익어가고 있다는 노랫말이 위안이 된다. 고백하자면, 문청 시절에는 절망하는 데 청춘의 에너지를 다 쏟았다. 그때 얻은 것이라고는 뼈다귀 같은 시 몇 구절뿐이다. 파블로 네루다 시인의 "시가 내게로 왔다"라는 구절을 아주 조금 이해하게 된 건 그리 오래되지 않았다. 내 삶을 살아낼 때 비로소 시는 쓰는 게 아니라 오는 것이라는 걸 어렴풋이 깨달았다.

설거지를 하고 아이 기저귀를 갈고 밥벌이하는 삶이 있다면 시는 오게 되어 있다. 소낙비 속에서 우는 눈이 있거나 갯벌을 걸어가는 발이 있다면 그리 멀지 않은 곳에서 시가 올 채비를 하고 있다는 거다.

주어진 하루를 성실히 살아가다 보면
생기는 삶의 얼룩,

이제 나는 이게 시라고 믿는다.
나는 좋은 시를 쓰고 싶다.

나는 일상지상주의자다.

용물

이상(1910-1937)의 마지막 소설 『실화』는 이렇게 시작한
다. "사람이 비밀이 없다는 것은 재산 없는 것처럼 허전한 일
이다."

글을 쓴다.
사소한 비밀이 하나씩 떠간다.

양말 한 짝을 잃어버리고 나머지 한 짝들만 쌓이는 서랍
장. 아이 콧구멍에서 줄줄 새어 나오는 콧물. 흥! 하고 풀어
내듯 나는 나의 이야기를 공유하는 데 익숙한 인간형이 아니
다. 그러나 이 가벼운 투고는 무얼까. 라이킷! 내 식으로 비
유를 들자면 글을 투고할 때마다 나의 작은 군함이 하얀 깃
발을 꽂고 출항하는 것만 같다.

비밀 1, 비밀 2, 비밀 3⋯⋯ 비밀 17 병사들아,
착착착, 떠나가거라! 자 다음 비밀들아, 대기하여라!

은밀히 호령하기도 한다. 읽고 쓰는 일은 비밀이 없어지는 일일까. 또 다른 비밀을 짓는 일일까. 이야기하는 사람들 대열에 끼어 허전하고 가벼운 사람이 될 수 있을까. 다음 글 그러니까 비밀 18을 출항시켜 이 세상에 허전함이라는 1그램을 보탤 수 있을까.

기쁨과 슬픔과 절망이 버무려진 곁을 내어준 누군가의 비밀을 읽는다. 비밀의 마음. 비늘의 마음. 비닐봉지의 마음. 비고 빈 가볍고 허전한 나의 이야기를 바다에 던지고 싶은 충동은 어디에서 오는가. 허전해질 수 있을 만큼. 비닐봉지를 열고 쭈쭈바를 꺼낸다. 얼어서 천천히 녹여 먹는 달콤함. 이미 나는 소다 맛 세상에 당도한 게 아닐까.

단색부터 캐릭터까지 나는 양말 부자다. 짝을 잃어버린 양말들. 책상 위에는 쓰다 만 포스트잇, 엽서, 무지개 색연필,

스케줄러들. 그야말로 짝짝이 부자. 무용한 비밀. 킥킥거리는
오후.

　선선하다.

　이제 막 발행된 당신의 아이스크림을 녹여 먹는다.
　줄 서지 않고 타는 놀이기구랄까.　　　　　·

믿는 # 믿음 # 그림

나는 아이의 그림을 믿는다.

아이가 그림을 그리기 시작한 때부터 이 믿음을 고수했다.
강냉이처럼 펑펑 튀어 오른 신중하나 거침없는 스케치. 9살
아이는 연필심을 믿는 걸까. 태양을 믿는 걸까. 수평선을 믿
는 걸까. 부쩍 잔 눈물이 많아진 아이가 그림을 그린다.

그림을 본다는 건 그림 그린
사람의 믿음에 옮아버리는 일일까.

온종일 태양의 수고를 알아채듯
연필로 콕콕 찍은 햇살 씨앗들.

이제 태양은 어디로 가는 거니?
아이에게 꼬치꼬치 물어보려다 관둔다.

살아가는 동안 붙들고 싶을 때가 있다.
그러나 그게 무언지 잘 모를 때가 허다하다.

일몰이라고 너는 그리고
믿음이라고 내가 쓰는 이유.

네 작은 입술이 열리고
생전 처음 들어보는 휘파람이
들려온다.

휘융–

꼼짝없다.

줄줄 아이들이 태어난 후로 한동안 평일도 주말도 꼼짝없는 신세였다. 신세라는 말을 하자니 좀 애처로워지는데 아이를 낳은 게 이리 신세타령할 일인가. 내 시간 내 장소 내 마음을 점점 잃어가면서 신세니 팔자니 하는 단어를 친구로 삼았다.

아이들이 버젓이 까꿍 거리고
뒤뚱거리며 기적 쇼를 벌이는 와중에도
꼬꾸라지는 이 심정은 누가 발명한 걸까.

아이들이 혼자 그림책을 읽을 때쯤 피난처처럼 들락거린 어린이도서관 지하 1층. 그러면서도 나는 뭔가 부자연스러웠다. 집중? 홀로? 사색하고 싶었다. 둥근 철 기둥에 기댄 채 아이들 꽁무니를 물끄러미 볼 뿐. '꼼짝없이'라는 부사어는 미끄럼틀에서 신나게 미끄러졌다가도 이내 다시 기어 올라

갔다.

시인으로 살아가면서 매일 마음을 적고 풀고 지지고 헹구고 싶었다. 꼭 노트북이어야만 하는가? 왜 꼭 책상이어야지? 마법 천자문을 펼친 아이 곁에서 핸드폰을 켠다. 마법처럼 엄지손가락을 톡톡 두들긴다. 꼼짝없는 주말 오후 엄지손가락이 논다. 내 마음 한 줄 누르는 일이 이다지도 기쁠까. 아이가 펼친 장면을 본다.

"헉! 뭐, 뭐예요? 이 거대하고 무시무시한 문은" 아이에게 거대하고 무시무시한 문이 뭐냐고 물어보니 '몰라' 그런다. 그래, 꼼짝없는 이 마음을 실은 나도 잘 몰라. 그치만 오늘은 휴대전화기를 열었고 엄지손가락이 움직였어.

문을 열면 기분과 감정이라는
악당과 전사들이 꼼짝꼼짝한다.

언제쯤 마음 천자문을 다 해독할 수 있으려나. 아들아, 마법 천자문 몇 권째야? 오늘치 마법을 다 읽었으면 이제 그만 반납하고 갈까?

조셉에게

대중탕에 간다. 수줍고 새삼스럽다. 내 몸이 알몸인 게. 쓰다만 노트를 버려야지. 모조리 비워야지. 안 읽는 책도 버리고 어항도 버리고 유통기한 지난 연고도 싹 다 버려야지. 뚝뚝 수도꼭지를 고쳐야지. 거미줄도 쓸어내고 잡초도 뽑아야지. 하염없이 뽑아야지. 냄비를 닦아야지. 이불을 빨아야지. 방충망을 갈아야지. 화분 갈이를 해야지.

습작 시절, 왜 그토록 제라늄이 미웠을까.
왜 그토록 빈 열쇠를 서랍 속에 모아 두었을까.

짐짝처럼 싣고 다닌 언어들.
김이 빠질 대로 빠진 맥주들.
주정차금지구역에 주정차하는 오기와 무능.

기왕 알몸이 된 김에 언어도 맥주도 열쇠도 오기도 갈아엎자. 재건하는 마음이 솟구치니 이곳이 기도원이다. 열탕에 몸을 담그는 내내 보글보글 부활하고자 하는 결심이 끓어오른다.

자, 벗기러 가자.

때가 불었다.

미소

수능 본 하굣길에서였다.

먹구름이 부서지기 시작했다. 책가방엔 접이식 우산이 있었지만 미선이와 나는 펼치지 않기로 했다. 펼칠 게 너무나 많이 필요했으므로 우린 우산을 아끼기로 했다. 어디로 갈 거니. 우린 빗길을 한 줄씩 나누어 걸었다. 쫄딱, 우린 서로를 보고 쫄딱이라고 불렀다. 송이야, 우릴 우습게 적시는 이날을 기억하자.

짜식, 퍼붓는 빗속에서 미선이의
알전구 같은 눈이 젖어 있었다.

살갗 같은 미선이.

병원문이 열려서였을까. 백색으로 비틀거리는 통로를 일렬로 걷는 동안 하얀 천장에선 미선이의 알전구 같은 눈이 반짝였다. 간호사가 된 거니. 응, 노인의 무릎을 헤집지 않고 다 쓴 연골에 주삿바늘을 찌르는 일이야. 우산을 펼치는 중이니. 응, 비가 필요하거든. 무너지는 먹구름을 돌보고 있구나. 응,

그야 언젠가 너와 했던 약속이니까.

쫄딱.

인도였다.

생의 마지막 여행지로 점찍어 둔 나라.

아주 멀고 먼 나라. 한 번도 가 본 적 없는 나라.

기왕 죽으러 간다면 멀고 먼 나라여야 했다. 자비가 필요
했으므로 성스러운 나라여야 했다. 신원 미상과 국적 미상으
로 발견되는 상상은 끔찍했지만 실현할 수 있는 꿈이기도 했
다. 그러나 낯 모를 사람들에게는 먼 바다에게는 나의 꿈이
민폐가 될 게 뻔했다. 배고픈 물고기들만이 이방인의 살집을
환영해 주겠지.

짧은 궁리 끝에, 나는 코이카(KOICA) 해외봉사단원의 신
분이 되었다. 얼마의 참가비를 지불하고 인디아행 비행기에
올랐다. 청력 혹은 시력을 잃어버린 인도 아이들 곁에서 실뜨
기와 그림 그리기 놀이를 했다. 회칠한 낡은 화장실을 청소했
고 아이들과 둥글게 모여 앉아 쟁반에 나눠준 누르스름한 카

레밥을 손끝으로 긁어모아 먹었다. 인도 아이들 곁에서 실체가 없는 슬픔과 죽음 충동은 허황된 사치였음을 직감했고 목도했다.

그러나 "나도 모를 아픔을 오래 참다 처음으로 이곳에 찾아왔"(윤동주)기에 슬픔과 죽음 충동을 잃어버리지 않으려 애썼고, 봉사라는 가면 속에서 짐짓 밝은 척하는 내가 싫지만도 않았다. 아이들은 이방인의 불완전함을 눈치채지 못했고, 시도 때도 없이 하얀 치아로 웃어 주었다.

우리는 서로를 온전히 이해하지 못했다.
그러나 우리의 2주간은 함께라서 소중했다.
그렇게 따뜻한 열망이 흘러갔다.

주어진 봉사 임무를 마치기도 했지만, 고아는 휴양지였고 나는 '분명히' 쉬고 싶었다. 그래서 인도 중서부에 있는 고아

(Goa)로 향했다. 숙소에 작은 짐을 팽개쳐 놓고 고아 해변에서 이국 나라의 맥주와 고아라는 말을 목구멍으로 쉴 새 없이 넘겼다.

고아… 고아… 고아 해변의 모래알을
손바닥에 올려놓고 해변을 거니는 사람들을 구경했다.

넋을 잃어버리기 좋은 석양빛 속에서였다.

들썩거리는 파도 너머로 태양 빛이 점점이 사그라들었고, 붉게 타올랐던 모래 알갱이들은 너무나 작고 보드라웠다. "모래야 나는 얼마나 적으냐/ 바람아 먼지야 풀아 나는 얼마나 적으냐/ 정말 얼마큼 적으냐"(김수영) 손가락 사이로 미련 없이 모래알을 쏟아내면서 '나'의 '적음'에 대해 토로하는 김수영의 시를 읊었다. 한탄이라기보다는 체념에 가까운 울부짖음. 아직 향신료 냄새가 배어 있는 손끝을 털고 일어섰다.

취기가 올라와 휘청거렸다.

자, 바다로 가자.

바다로 뛰어들었다. 파도는 너울댔고 발끝이 바닥에 닿지
않았다. 순식간에 바닷물에 떠 있는 상태로 아찔했다. 죽으
려 했는데, 정말로 죽을 것만 같았다. 발끝이 바닥에 닿아야
했다. 오로지 발끝이 닿는 곳으로 나아가야 했다. 취기를 뚫
고 나온 생존 본능이었다. 인도양에서 밀쳐오는 파도와 고아
해변에서 밀려 나가는 파도 사이에서, 나는 볼품없이 허우적
거렸다. 바다는 차가웠다. 파도의 유연한 출렁거림이 야속했
다. 둘 중 하나였다. 고아 바다에 빠져 죽든지 돌파하든지. 상
황이 급박했다. 돌파하자. 생각할 겨를이 없이 나는 돌파하는
쪽을 선택했다.

개처럼, 부릅뜬 눈 뜬 개처럼,

나는 헤엄쳐서 기어 나왔다.

그날, 나는 죽지 않았다.

발끝이 닿지 않아 무서웠다. 살고 싶어서 버둥거렸다. 그
뿐이었다. 그렇게 내 죽음의 시도는 어설프게 끝났다. '죽고
자 하는 시늉'이라는 낯부끄러운 기록만이 덩그러니 남았을
뿐이었다. 기록되었으므로, 고로 나는 더 이상 죽으려 애쓰지
않았다. 나는 한심했고 경솔했고 초라했다.

까만 심지에 라이터 불을 붙인다.
한번 탔던 심지에 불이 쉽게 붙는다.

남궁인은 스스로 고백하건대 한때 자살을 시도했던, 죽으
려 했던 경험자다. 그러나 그는 죽지 않았고 최악이 난무하
는 응급실을 일터로 삼았다. 그의 말대로라면 그는 죽음 안으
로 뛰어든 자였다. 그랬기에, 응급실에서 많은 사람의 고통을
보았으며, 보았기에 공동선에 가까운 영역의 이야기를 해야

겠다고 다짐했다. 그는 '글 쓰는 의사'로서의 삶을 선택했다. 사람을 치료하고 살리는 의사로서, 사람에게 도움이 되는 이야기를 쓰는 작가로서, 그는 누구보다 열심히 뛰어다녔다. 짙은 어둠, 검은 심지, 가능성과 불가능성의 경계, 믿음, 애통, 촛불 같은 단어들이 여전히 그의 곁을 맴돈다.

나는 그가 살려내고자 하는 열망으로 가득 찬 인간형이라고 생각한다. 이토록 살려내고자 하는 열망이 있기까지 그는 먼저, 저 스스로 살려내야 했을 것이다.

죽고자 하는 열망을 살리고자 하는 열망으로 전환했을 그때, 한없이 굳어버리고자 했던 한 인간이 다시 타오르기 시작했을 것이다.

그간 그가 태웠을 촛농의 우물을 어찌 가늠할 수 있겠는가. 촛농이 고이고 굳고 고이고 굳은 시간들 그러니까 죽음과

삶, 그 경계에서 뛰어다녔던 불길로 그슬린 기록이, 그의 글
에는 빼곡하다.

긴박하게 촌각을 다투는 응급실일 경우 그곳에서 '만약'
은 존재하지 않는다. 당장에 인공호흡기를 부착해야 하고, 당
장에 수혈해야 하고, 당장에 사지를 절단하거나 꿰매야 한
다. 최악의 경우, 지금 당장 살려내야 한다. '당장'만이 존재
한다. "만약, 빈 수술방이 있었더라면 환자를 살릴 수 있었
을 텐데……." "만약, 곁을 지키던 나를 봐서 환자가 좀 더 버
텨주었다면……."이라는 가정의 말줄임표는 "만약, 다음 신
호를 받고 출발했더라면 죽음에 이르는 교통사고에 휩쓸리
지 않았을 텐데……." "만약, 이런 몹쓸 암에 걸리지 않았더
라면 더 살 수 있었을 텐데……."라는 죽은 환자의 바람만큼
이나 허공을 잃어버린 메아리일 뿐이다. 수면제를 다량 복용
해 자살을 시도했던 자신의 환자가 퇴원한 지 얼마 지나지 않
아 '확실한 방법으로 죽어버린 시신'으로 되돌아왔다면. 환자

의 참혹한 죽음을 직면한 주치의에게 만약은, 환자의 불가능성을 잔인하게 대면한 후 폐기해야 할 어떤 가능성일 뿐이다. 어쩔 수 없었고, 불가피했고, 이미 생에 대한 의지가 꺾여 있었으니, 막다른 길에 선 당신을 누군들 붙잡을 수 있었겠는가.

그러나……, 우리는……, 어쩌면 아는지 모른다.

"만약의 세계는 네가 살고 있는 매일의 세계가 아닌, 네 마음속에 있는 또 다른 세계"(요시타케 신스케)라는 걸 말이다. 만약의 세계는 죽고자 했던 사람이 기적처럼, 살고자 하는 사람으로 변신하는 그런 세계라는 걸 말이다. 그런 만약의 세계를 응급실에서는 수시로 요청한다는 걸 말이다. 사망을 선고하는 마음. 그 심정을 추스르기 위해서라도, 쏟아지는 다음 환자를 마주할 면목에서라도, 그는 죽음과 삶이 널뛰기하는 응급실 현장을 숨 가쁘게 복기해야 했는지도 모른다. 그래선지 활자로 복기된 응급실의 생생한 실재는 잔혹하고 끔찍하다기보다는 준엄하고 숭고한 쪽에 가깝다.

검은 펜 끝을 신중히 움직이면서, 그는
자신의 환자를 한 번 더 겪어냈을 것이다.

슬픔 담기세요

부고장이 날아온다.

당신의 아버지가 별세했다는 초대장.

고인의 영정 사진을 본다. 입관과 발인 날짜를 확인하면서
조문하러 가기 전에 미리 슬픔의 구역으로 노젓는다. 최승자
시인의 말대로 개 같은 슬픔이 쳐들어온다. 구체적인 사물들
이 흐릿해지고 길거리엔 세일이니 뼈다귀니 하는 온통 간판
들 천지다.

슬픔 수영장.

슬픔로.

슬픔 찌개.

슬픔 어학원.

슬픔 은행.

누군가는 슬픔 곰탕이 지겹다고 한다. 이제 그만 좀 우려

먹으라고 한다. 그러나 세상에 고만고만한 슬픔이 어디 있을
까. 땡볕이 있고 노을이 있고 고층 병원이 있고 안개가 있는
데 이 밥풀떼기 같은 슬픔을 어찌 떼어먹지 않을 수 있을까.
슬픔 구역에서는 죄다 슬픔어로 읽힌다.

　슬픔 자동심장충격기 설치 시설.

　슬픔을 당기세요.

　슬픔의 소화기를 뿌리시오.

　슬픔 추락주의.

　슬픔에 올라가지 마시오.

　슬픔 내 서행.

　슬픔양갱.

　슬픔이 즐거운 약국.

　장례식장에 도착하기 전까지

　간판을 모두 슬픔으로 바꿔치기하련다.

도미노 슬픔.

조문을 가려면 슬픔어를 배워야 한다.

사랑에는 쓸모 있는 사람

작심하는 날.
왜 그런 날이 있지 않아?

끙차,
이불을 걷어차는 날.

박차고 일어났는데, 무거웠던 건 이불이 아니라 몸뚱이가
아니라 보이지도 만져지지도 않는 요 쪼그만, 요래 이 마음이
었다는 거.

마음아,
넌 대체 뭐람?

오늘만큼은 박차고 나오는 날.
일어나고 일어서는 날.

사방에는 쓸모 있는 사람들.
바로, 너, 당신, 당신들.

당신을 보고 당신을 읽고 애틋한 너, 당신들.
쓰임 받고 싶고 쓰임 주고 싶다.

내뱉은 말에 움찔한 사람들이
만나고 헤어지는 우리이기를.

같이 쓸고 닦을래?

강냉이 찌구요

　남편의 심각한 불만 중 하나는 내가 강냉이를 좋아한다는 것. 강냉이에게 질투하는 남자. 남편은 저게 뭐가 그리 맛있냐고 내가 싸구려 강냉이만 먹는다고 세상 못마땅해한다. 아주 가끔이지만 나는 국내산 고급 강냉이를 일부러 주문해 먹기도 한다. 그러니 이 말은 잘못됐다. 나에게도 입맛이 있는 셈.

　어릴 때부터 구황작물을 좋아하는 촌년이었고 방학을 맞아 시골 본가에 가면 엄마는 삶은 고구마나 옥수수를 미리 준비해 둔 걸 내주셨다. 중학생 때는 틀니라는 별명으로 불리기도 했다. 정화는 내 이가 옥수수 같다나. 달고 아삭한 초당 옥수수 말고 누렇고 쫀득한 토종 옥수수가 좋다. 옥수수 술빵도 옥수수 막걸리도 좋고 옥수수 통조림도 좋다. 옥수수에 관해서 만큼은 고집이 있는 셈.

　그러나 어쩔 땐 먹지도 않을 옥수수를 삶고 삶는다. 쉬어 빠지도록 내버려두기도 한다. 옥수수가 뭐 그리 몸에 좋을까

싶기도 하다. 배가 고프지 않으면서 강냉이를 꺼내 먹는 날,
남편과 싸웠다.

터져 버렸다.

남편의 고성을 마음 보청기로 듣자니
'나도 강냉이처럼 사랑해 줘'였다.

점자책 읽는 날

　세종국립도서관에 갔다. 『할머니의 용궁 여행』세 권이 전부 대출 중이었다. 빌려 갈 수 있는 건 남아도는 건 점자책뿐이었다. 깜깜한 세상을 뜬 눈으로 배워서였을까. 눈 감은 독서는 애당초 시도하지 않았다. 일월에 꽂혀 있던 책들은 이월에도 꽂혀 있었다. 미르초등학교로 그림책 읽어주러 가던 날 생전 처음으로 점자책을 펼쳤다. 깜깜이 눈 감아 보세요. 그림책에 손끝을 대어보세요. 작은 바닷물고기야 해초야 망사리야 세상의 꼬마들아 우리 같이 놀까? 나는 꼬마들과 물질을 하러 떠났다.

이 깊은 바닷속에는 어둠이 출렁이고요.
미역밭이며 전복이며 용궁 나라가 있어요.
흰 점자와 검은 점자로부터
기쁨도 질병도 모두 다 있어요.

꼬마들은 송사리 손끝을 열고 눈 감은 독서를 시도하고 있었다. 아무리 눈 감아 본들 배워본 적 없으니 오돌토돌 점자뿐이었다.

사월에 상처 입은 사람들을 상상할 수 있다면
그렇다면 이 그림책은 공연히 성공적이었던 걸까.

생전 처음으로 점자책 읽던 날,
미르의 꼬맹이들은 파르르르 눈을 감았다.

자, 이제 더듬더듬 용궁 속으로 떠나 볼까요.

점자 번역

우리 할머니는 해녀예요.

엄마는 할머니 배가 불룩하다고 밍크고래라고 하지만,

내 눈에는 바닷속에서 휠휠 날아다니는 인어 같아요.

할머니는 늘 재미난 이야기를 들려주세요.

사람이 사람을 죽여도 될까

설아, 사람이 사람을 죽여도 될까.

이상하리만큼 지독하고 방탕한 밤에 말이야. 까먹지 말아야 할 것을 까먹지 않기 위해 죽은 닭발들을 모아둔 상자를 열었단다. 양계장 집 딸이었던 나에게 닭장 속 닭발의 개수는 셀 수 없이 무서웠단다.

너를 낳고서야,

이 징글맞은 닭발들을 사랑하게 된 걸까.

설아, 오갈 데 없는 닭발들을 구경하면서 나는 보았단다. 똥오줌 싼 곳으로 닭이 알을 낳는다는 걸 말이다. 탄생과 배설이 한 통로의 일이라는 거겠지. 그때부터였어. 전쟁과 평화를 낮밤 없이 쏟아내는 닭의 밑구멍이 더 이상 출산 기계처럼 보이지 않더구나. 그러니까 닭발들 밑으로 갓 낳은 알이 컨베이어 벨트로 굴러오면 오, 둥근 온기……, 하기도 했더란

다. 한 알 한 알 백 미터 행렬 속에 파묻혀 집란장 계란판으로
실려 가는 거대한 알의 길.

　자정이 오면 양계장은 달걀을 까먹는
　너만큼이나 환한 삼파장 전구들로 빛났단다.

　그러니 지독한 것은 깊고 넓은 그물을 둘러치는 거미가 아
니다. 까먹지 말아야 할 죽음을 까먹는 허기, 까먹어야 할 포
탄을 까먹는 식탐……,

　설아, 우리가 온 생을 배설하는 일에 골몰할지라도
　달걀을 까먹듯 슬픔을 까먹지 말자.

　우리가 일생 딱 한 번,
　탄생했다는 걸 까먹지 말자꾸나.

배고픈 밤.

밤 수업을 연다.

밤 구름의 소굴인가.

라면 물이 끓는다.

선생이 묻는다.

뭐가 보이니?

울지 않는 수탉이요.

닦아도 닦아도 까만 칠판이요.

창턱에서 별지기를 자처한 날, 아무리 기다려도 별똥별이 떨어지지 않는다. 성냥을 긋는다. 우스꽝스러운 얼굴을 꺼내 놓고 수강생을 기다린다. 비가 와서 신발을 잃어버려서 생리통이 심해서 고독해서 지루해서 오지 못한다는 그저 그런 이야기를 전해 듣고 싶다.

이제 나는 별을 보지 않아도

별이 너무나 많다고 생각하는 사람이 되었다.

그래서 자꾸만 결석하는 너를 함부로 잊어버린다.

이토록 밤과 밤 사이가 끈적하기만 한데.

자정 넘어 의자를 펼친다. 부러진 의자 다리를 본다. 창턱
에 기대서서 부러지고 넘어진 이 흔해 빠진 의자를 본다. 별
똥별이 보이지 않는다고 떨어지지 않은 건 아닌 것이다. 넘어
진 의자가 오늘의 교재다.

어느 밤엔 오지 않는 네가 전부가 되기도 한다.

별과 별 사이에 있는 그 똥처럼.

기적이라 말할 수 없는

"캐나다 재스퍼에 산불이 나서 대피령이야. 마을이 타고 있어. 주유소도 폭발하고 호텔 병원도 다 타고 있대. 기도해 줘, 제발. 동네 사람들과 미리 탈출해서 목숨을 구했어. 집도 타지 않았어. 천만다행이야. 기적이야. 그런데 있잖아, 앞집까지 다 타 버렸어. 아이 친구들 집도 다 사라져 버렸어. 놀이터도 다 엉망이 돼 버렸어. 기적인데 차마, 기적이라 말할 수가 없어. 기도해 줘, 제발."

실외기실에서 수국에게 물을 흠뻑 준 그 시간이었다. 살쾡이들처럼 달려오는 화마를 피하려고 당신은 피난길에 있었다. 차마, 당신의 피난길에 대해 무어라 할 말을 찾지 못했다. 기도할게요. 고통에 동참하기 위해 두 손을 모았다. 아파트 화재가 나면 우리집은 2층이니까 뛰어내리면 죽지는 않겠지 하는 생각이나 했으면서. 당신 집은 타지 않았고 당신 앞집까지 다 타버렸다고 했다.

차마, 당신의 무사한 집을 보고도

기적이라 말하지 못하는 사이, 우리가

챙기고 있는 것은 아주 작고 가벼운 게 아닐까.

빨래하는 마음

마음이 무슨 속옷이라도 된단 말인가.

몸에 걸쳐 있지만 아무나 쉽게 들춰 볼 수 없는 그것처럼 말이다. 마음에 관한 한, 꽤 골몰하며 살면서도 언제 내 마음 한번 빨래해 본 적이 있나 싶다. 그저 수북이 쌓인 마음들이 있을 뿐.

한시도 만만한 날이 없었다. 첫애를 낳고 한 해 걸러 둘째를 겁 없이 낳고 하나를 유모차에 싣고 하나를 아기띠에 들쳐업고 아파트 단지를 산책하거나 근처 슈퍼에서 반찬거리를 사 오는 일은 보통 일이 아니었다. 시댁과 친정 도움 없이 키우는 집은 나뿐인 거 같아 서글펐고 다른 집 부모는 언제나 다정하고 현명해 보였다. 첫째 아이 시력이 나쁜 것도 둘째 아이 피부 질환도 다 내 탓이었다. 벅벅 긁힌 아이의 작은 허벅지에 스테로이드 연고가 마를 날이 없던 여름, 습하기는 왜 이리 습한 건지. 묵은 빨랫감을 쌓아둔 마음에서는 쉰내만

펄펄 풍겼다.

수문이 열린 금강보에서 콸콸콸 강물이 흘러갔다.
누가 금강 변에 식탁 의자를 가져다 놓은 걸까.

강물이 흘러서일까. 의자가 있어서였을까. 얼룩덜룩한 마
음의 찌든 때가 씻겨나간다. 금강 변에 터를 잡고 사는 동안
수많은 아름다운 이웃들이 내 안으로 흘러왔다.

이른 복직으로 첫애는 팔 개월부터 어린이집에 다녔는데
돌 때쯤 아이가 폐렴으로 건양대병원에 입원한 적이 있다. 정
미정 선생님은 퇴근하고서 먼 데까지 파리바게뜨 롤케이크
를 들고 병문안을 왔다. 나보다 우리 아이를 더 애틋하게 안
아주신 분. 동네 육아나눔터는 안 가 본 데가 없다. 어느 날은
참외 봉지와 지갑이 든 기저귀 가방을 금강 수변 공원에 놓
고 오기도 했다. 다음날 가 보니 그 자리 덩그러니 놓여 있었

다. 정신없는 이웃이 조만간 찾으러 올 거란 믿음처럼. 김밥 한 줄을 사도 어묵을 서비스로 꼭꼭 담아주는 김밥광장 사장님. 뽀로로 쿠키를 사달라고 떼쓰는 둘째에게 누나랑 나눠 먹으라고 뽀로로 쿠키 두 개 쥐어 주시는 팡쇼 빵가게 사장님. 상품을 진열하다가 종알대는 두 녀석에게 죠스바 사탕을 건네주시는 아이스크림 무인가게 사장님. 아이들 등원 길에 그새 많이 컸네? 못 본 체하지 않는 아파트를 청소해 주시는 여사님과 헬스장 도우미. 한솔카페 사장님. 은성부동산 사장님 등등 금강에 와서 맺은 인연을 생각하니 이 여름이 끝이 없을 것만 같다.

최근 당근마켓으로 인한 인연도 생겼다. 오래 끌고 다닌 고가구 수납장을 나눔 한 것인데 이분은 미술 선생님이다. 십년 후 퇴직하면 고가구 갤러리를 여는 게 꿈이라고 한다. 수납장을 농막에 설치해 놓고서는 "너무 좋은 인연을 알게 되어 너무 행복하네요"라고 웃는다. 새 단장하는 마음들. 당신이 그러한 것처럼 나 역시 흘러가는 이웃이고 싶다.

마음 빨래터가 어디냐고?

바로 당신이다.

계발
축지 무,
당신

그리하여 나는 깨닫는다.

누군가를 살려내고자 하는 열망으로 시를 써 본 적이 없었기에, 나의 시들이 그 누구도 살려낸 적이 없었음을 뉘우친다. 그리고 고백하고, 기도한다.

주님, 살면서 좋은 일을 하는 사람이 되겠습니다. 타고난 예민성으로 유독 아픈 사람의 마음을 어루만지는 시적인 인간형이 되겠습니다. 촛불의 검은 심지를 펜으로 삼겠습니다. "자리나 잡자고 이 거리의 쏟아짐을 목격하는 자가 아니"(2024년 한국일보 신춘문예 심사평 중) 되겠습니다. 이 시대의 구경꾼으로 전락하지 않겠습니다. "걷잡을 수 없는 슬픔의 힘을 옮겨서 새 희망의 정수박이에 들어"(한용운)붓겠습니다. 죽고자 했던 열망을 살고자 하는 열망으로 전환하겠습니다. 살아있으므로, 살려내고자 하는 무해한 열망을 품겠습니다. "나는 따뜻한 물에 녹고 싶다. 오랫동안 너무 춥게만

살지 않았는가."(최승호) 신음하는 눈사람들의 차가운 몸과 마음에 청진기와 메스를 가져다 대겠습니다. 당신이 아프면 저도 아프고, 당신이 기쁘면 저도 기쁘겠습니다. 세상을 향해 전진하여, 고요한 산기슭, 쇼핑몰, 고층 아파트, 바다, 저수지, 사무실, 전철역, 고시원, 원룸촌, 다세대주택, 아파트, 술집, 건설 현장, 마당, 지하도로, 고속도로 한복판 어디에서건, 당신을 살려내고자 열망하겠습니다. 화답할 때도 화답하지 않을 때도, 나의 아름다운 이웃과 슬픔과 기쁨을 나눠 먹으며 살겠습니다. 아멘.

이른 새벽, 일터로 향하는 당신의 등 뒤로 "운전 조심해!"라고 외쳤다. 닫힌 현관문 앞에 서서, 나는 혹시나 이게 시의 길이 아닐까 생각했다.

비록 당신에게로 가고자 하는
수천수만 빛깔의 한 조각일지라도

한낱 모래 알갱이의 가벼운 반짝거림일지라도

어쩌면 이건 '제발 죽지 마, 당신'이라는 말과
통할지도 모르니까.

내가 만약 목동이라면

양계장집 딸이었던 나는 케이지 속 닭들의 삶이 얼마나 비참한지를 두 눈으로 똑똑히 목격했다. 이런 기억을 더듬으며 갖게 된 마음가짐이 하나 있다.

내가 누군가를 가르치는 입장에 선다면
반드시 살려내고자 하는 열망을 품겠다고
목동이 되겠다고 말이다.

물론, 쉽지 않다. 그럼에도 학생들의 고삐를 풀어주고 답답한 케이지를 열어주려고 애쓸 것이다. 그러면 마음을 열고 수업의 질을 좋아지게 하는 건 내가 하는 게 아니라 바로 풀밭을 뛰노는 청춘들이 다 한다.

밍오 솔른 없짜
미 저류

금요일 오전, KT VIP 무료 쿠폰으로 스타벅스 아이스라테 tall을 주문했다. 추가 금액 천원을 결제하고 창가에서 고요할 예정. 노트북 전원을 켠 지 한 시간째 두 시간째 인터넷 액세스 없음. 안내 지시에 따라 노트북 미로를 따라갔는데 왜 아이콘이 사라진 걸까. 아이스라테 얼음을 다 깨물어 먹었고 네모 세상으로 들어가지 못하고. 한숨이 푹푹 나오고 하얀 구름 파란 하늘을 아무리 봐도 답이 없다. 직원이 285번 친절한 엠마 고객님을 부른다. 그라인더가 돌아가고 얼음 푸는 소리 쟁반 놓는 소리 의자 끄는 소리 문이 열리고 고객과 주문과 결제가 오가는 백색 소리.

'번호로 불러 드릴게요.' 286번 고객 음료를 제조하고 번호는 불릴 것이고 결제를 매개로 한 메뉴판 같은 질서와 소통이 보인다. 주문하고 나면 음료를 만들어주는 시스템이 오늘따라 왜 이리 신비로운지. 네트워크 인터넷 방화벽 공유기 뭐가 문제인지 모르는 게 문제겠지.

아까부터 창가에서 놀던 거미가 안 보인다.

어디로 간 거니? 바빠 죽겠는데……,

무음 아이콘이 나를 뚫어지게 쳐다보고 있다.

유방이 징그럽게 붉어지는 봄날,
더펄개들이 떠돈다.

가자, 금남면 감성초등학교로 가자. 철봉에게로 가자. 쇠
맛이 좋아. 청춘의 혓바늘 끌고 가자. 반질반질 광나는 봄자
두에게로 가자. 개구락지처럼 사지를 철봉에 걸어본다. 개나
리가 무럭무럭 피었다지. 나의 스승, 나의 아가, 나의 소녀.
머리카락 씹으러 가자. 빗질하러 가자. 저 헐렁한 고무줄 나
라에게로 가자.

이 시대의 사랑, 저 시대의 절망, 더펄개야, 초경이 키운 문
법에게로 가자. 큰절 올리러 가자. 서캐처럼 바짝 기어서 가
자. 이 개 같은, 저 똥 같은 현실에게로 가자. 눈아, 마음아,
떠져라. 감성으로 가자. 다음 시대의 슬픔, 더펄개야, 빗의 이
빨처럼 환히 웃으러 가자. 철봉을 뽑으러 가자. 고독을 재건
축하러 가자.

가자 가자. 더펄개야,

집 나간 개처럼

개나리처럼

피어라.

오답

첫마을 아파트 2층 현관문 앞이다. 열리질 않는다. 풍선껌을 들락날락 불어본다. 뻑뻑뻑 풍선껌을 아무리 터트린들 까먹은 숫자를 어디서 찾는담. 답안지를 펼쳐놓고 풀던 숙제처럼 요행을 바라던 문제들이 있었다. 주어진 비밀번호를 누르면 열렸다. 그게 소통인 줄만 알았지. 도어락이 헤벌쭉 마냥 열어주는 줄만 알았지. 열리기만 했던 문이 닫히자 열려고만 하는 내가 질기게 보인다. 도어락을 본다.

열 개 숫자가 너무나 많다.

2층 세탁실 창문이 열려 있다. 아파트 관리실에서 사다리를 끌고 왔다. 복면도 안 쓰고 방충망에 커터칼을 그었다. 모기가 몰려올 테지. 몰려오라지. 집 안으로 나자빠질 때 침범하는 모기의 심정이었달까. 안쪽 현관문이 보이고 열어본다. 닫힌 문이 열렸다. 어린 딸이 비에 젖은 신발주머니를 껴안고 있다.

열 개 숫자가 너무 많고

어떤 숫자들은 당장 중요치 않다.

비밀번호 없는 방충망이 환해졌다.

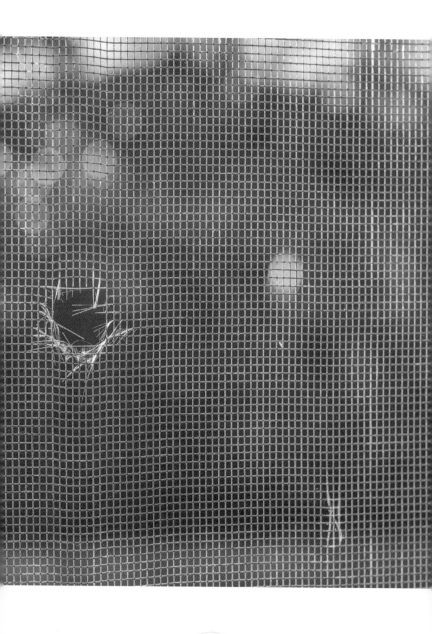

마음

카시오 시계를 본다. 손목을 본다. 눈 뜨자마자 보고 눈 감기 전에 본다. 용두는 알까. 널 얼마나 무작정 돌려 보고 있는지. 얼음물을 마신다. 얼음이 녹는 동안 시계는 숫자를 바꾸고 혼돈을 모르는 운동 중이다. 사정없이 작아지는 얼음들이라니. 이런 게 살아있단 증거란 말이지. 바닥으로 자라나는 물줄기를 본다. 그만 일어나야지 학교 가야지 밥 먹어야지 자야지. 손목이 말한다.

시계가 살아났나.
엄마가 태어난 기분이야.

물이 샐 뿐이야.
배터리 나간 시계가 말한다.

그러고 보니 시계에서 물소리가 난다. 수도꼭지를 덜 잠갔나. 흘러나오는 틈새로 시계가 돌고 있다. 시계는 알까. 멈추었다는 걸. 어디로 가는 거니. 어디로든. 죽은 시계가 관성적으로 말한다. 엄마를 흉내내는 중이니. 응. 뒤도 안 돌아보고 시계는 자라고 있다. 손목을 본다. 시들만큼 시들어 간 손목이 보인다. 하늘 가는 밝은 길로 가야지. 홈플러스에 가야지. 거기 3층 시계 수리점으로 가야지.

수국의 편
실외기실

　한여름 실외기실에서 수국을 키운다. 매일 아침 시든 편지들이 날아온다. 눈곱을 떼고 물을 뿌린다. 그리고 본다. 꽃밥이 꽃밥으로 말라가고 있다. 꽃밥인 채로 말라간 사람들. 그리고 싶다. 공실 상가를 그리고 싶다. 흐르지 않는 강과 자라지 않는 나무를 그리고 싶다. 금강에 떠오른 가물치를 그리고 싶다. 채찍질하는 빛의 가면을 그리고 싶다. 빛의 어둠을 그리고 싶다. '죽은 자들에게 입힐 용기의 색을 주세요.' 에어컨을 끄고 매일 아침 물을 뿌렸다. 믿기지 않겠지만 죽은 자가 살아나듯 주문하지 않은 물감을 배송 기사님이 놓고 가셨다.

　어떤 응답처럼
　초록이었다.

내 생의 첫 상은 피노키오 독서감상문 장려상이다.
호명하는 순서대로 운동장 연단에 올라
나란히 서 있던 아이들.

차례대로 상장을 받는 동안
운동장 구석에서 반짝이던 쇠기둥.

그날 나는 가장 낮은 철봉이었다.

보편적인 삶에 가까워진 오답 인생을
써낼수록 점점 더 큰 상을 받기 시작했다.

쫑이가 죽었다.

참새 눈알 위로 개미들이 기어다니고 있었다. 고구마밭에 쫑이를 묻은 건 외할매였다. 고구마 새순에게 일용할 양식이 필요하다고 했다. 거봉이가 택시에 치여 뭉개졌을 때도 외할매는 눈코 한번 질끈 감지 않았다. 독한 노인네, 그해 고구마 순이 건넌방 곰팡이처럼 무성하게 피었다. 그리고 외할매가 죽었다. 솥단지에서 고구마가 약불로 익어가는 동안 낯익은 동네 삼촌들이 궁궁이잎으로 돌돌 만 수의를 펼쳤다. 꼬까옷으로 차려입은 외할매는 한 구의 누에고치였다. 삼키려 해도 씹어지기만 하는 섬유질의 근성처럼 엄마가 울었고 나도 가는 비처럼 따라 울었다.

중학교 교복을 비집고 차오른 살집은 누가 키운 걸까.

아야, 삼킬 것 좀 줄거나.

니도 내도 물컹물컹 잘도 삶아 먹거라.

유언대로 우리는 외할매를 황토밭에 묻었다. 굴락처럼 뻗
친 친족들이 다 함께 퉁퉁 부은 눈으로 숟가락의 굽은 등으
로 고구마를 으깨 먹었다. 이 맹맹한 맛, 이 징글맞은 물고구
마, 엄마의 목울대가 연하게 출렁거렸다.

육체의 마지막 잔칫날, 외할매 갈 길 다 가도록
그해 가장 부드러운 주일 저녁 종이
쫑 쫑 쫑 울렸다.

앙금

뚜껑을 연다. 뚜껑을 벗은 빨갛고 파란 펜을 본다. 수성펜 향이 난다. 뚜껑을 닫는다. 함께라서 잃어버리지 않을 것만 같다. 칠판을 본다. 무어든 쓰고 싶다. 그래도 될까? 응. 펜은 '뚜껑을 열었다'라고 써 본다. 네 글자가 맘에 드니? 응. 다음 글자가 밀려와 지워지기 전에 뭐라도 써야 할 거 같아. 펜은 '크고 하얀 칠판'이라고 써 본다. 이렇게? 응. 동그라미를 그리자 크고 하얀 세상이 정말로 나타난다. 하나씩 뚜껑을 연다. 빨강 파랑 검정 수성펜 향을 맡는다. 밀려와 지워지는 생이라서 우리는 쓰는 일을 멈추지 않나 봐.

하교 시간이 되자 칠판닦이는
나 너 우리라는 글자를 순서대로 지웠다.

네 글자가 맘에 드니?
응, 맨 처음 밀려와
지워지는 게 나라서 고마워.

ycling

톰

　하루는 과학관찰 실험수업을 마친 딸이 플라스틱 수조에 베타 물고기를 데리고 왔다. 지느러미가 찢어진 파란색 물고기를 우리는 베티라고 불렀다. 친구랑 싸운 거니. 하루 세 알은 너무 적지 않니. 어항을 주문할까. 흡착판 해바라기 침대를 살까. 모래를 주워 올까. 솔방울을 좋아할까. 우리는 베티가 신기했고 베티는 아주 작은 수조 속에서 혼자였다. 베티는 거울 속 자기가 자기인 줄 모른대요. 선생님이 그러는데 화난 척을 하는 거래요. 딸이 수조에 손거울을 비추면 베티는 목도리도마뱀처럼 갈기를 펼쳤다. 베티는 자기가 얼마나 아름다운 물고기인지 알까.

　엄마, 여길 보세요.
　베티 지느러미가 자라고 있어요.

철제 불사랑

　김 작가는 자기 덩치만 한 철제 뼈대에 색색의 헝겊을 칭칭 싸맨 뒤 불을 질렀다. 주제가 너무 어려워요. 그냥 기법일 뿐이에요. 화가 많아서요. 가만히 놔둘 수가 없어서요. 몸도 마음도 불불거리거든요. 누워서도 서서도 마찬가지죠. 가만히 놔둘 수가 없어서요. 태워 버리려고요. 전시회 구석에 놓인 정수기를 보며 김 작가의 기법에 대해 생각했다. 어쩐지 한 눈금씩 비워지는 정수기가 솔직하고 쉬워 보였다. 그러다 정말 불이라도 나겠어요. 정수기가 꿀렁거렸다.

　칭칭 싸맨 헝겊에서 불이 피어났다. 절굿공이 형상이 드러났다. 셀 수 없는 토끼들이 절굿공이를 에워싸고 있었다. 태워져야 드러나는 하트라니. 계묘년이잖아요. 절굿공이에서 빻아지는 헝겊 불이 철제 아래로 흘러내렸다. 불이 꺼져갈 때마다 그는 자기 덩치만 한 철제 하트에 불을 질렀다. 새끼들도 남편도 이 안에서 들끓고 있어요. 사랑인가요? 전시장 구석에 놓인 정수기가 그새 한 눈금이 비워지고 있었다.

흘러가는 불사랑이로군요.
정수기가 꿀렁거렸다.

불을 지르지 않았더라면 몰랐을
김 작가의 고요한 전시장에서였다.

우물

버튼을 누른다. 철문이 열린다. 엘리베이터를 탄다. 거울을 본다. 거울을 맡는다. 거울을 듣는다. 거울을 맛본다. 거울을 만진다. 위로 오르는 동안 아래로 내려가는 동안 거울을 사랑한다. 버튼을 누른다. 철문이 열린다. 어떤 날엔 두 개 어떤 날엔 네 개 발들이 엘리베이터에 모여 있다. 그럴 때 다른 방식으로 사랑한다.

거울아 거울아
세상에서 가장 아름다운 게 뭘까?

짝수.

마녀가 죽고 왕자와 공주가 오래오래 행복하게 살았대요. 이런 동화 같은 거 말이니? 응. 철문이 열리기 전까지 무수한 마음 혹은 바람 같은 거 말이니? 응. 어떤 날 외로움은 높이 높이 올라가는 연 꼬리 같아. 그거야 꼬리니까.

누군가 내릴 때마다 뒤통수에 대고
닫힘 버튼을 누르는 일.

분명 그런 게 사랑은 아닐 거야. 사랑? 열리고 닫히는 기계의 큰 입을 본다. 넌 발 없는 입이니? 응. 엘리베이터 문이 열린다. 발들이 다 내린 엘리베이터에서 거울을 본다. 거울아 거울아 여길 벗어난 발들은 어떤 사랑을 할까? 마음 혹은 바람의 표정 같은 거울을 본다.

거울은 발소리가 집에 다 들어갈 때까지
닫힘 버튼을 누르지 않기로 한다.

물고기
박지

물고기야, 어쩌다 여기까지 흘러온 거니.

고래야, 모래야, 너는 벗이 많구나.

보리야, 달팽이야, 너는 잘 익었구나.

고통아, 질병아, 연고를 발라줄게.

제목아, 소제목아, 너는 빈 의자 같구나.

구조야, 허공아, 너의 이름이 가벼워지고 있구나.

집착아, 냉장고야, 모든 건 순간이라지.

나는 벽에 이끌린 것뿐이야.

상상아, 가방아, 너는 정말 불멸이니.

초라함아, 비둘기야, 나는 너를 날려 버릴 거야.

불가피야, 존재야, 별만큼이나 많은 숫자들.

수정아, 딸아, 왼손으로 사랑을 쥐거라.

영원아, 오후야, 우리에게 중요한 건,

이 노래, 이 벽, 이 무용이란다.

세상 처음이야

쪽쪽이는 처음이야. 뽁뽁이도 처음이야. 예방접종도 처음이야. 솜사탕도 처음이야. 죽은 달팽이도 처음이야. 등껍질도 처음이야. 코 판 것도 처음이야. 빗물 만진 것도 처음이야. 네 발자전거도 처음이야. 주황 띠도 처음이야. 초록 띠 기다리는 마음도 처음이야. 콧물은 흐르고 감기는 떨어지고 달걀이 깨지는 것도 삶아지는 것도 처음이야. 꼬집은 것도 꿀밤 먹인 것도 이층 침대에서 혼자 잠든 것도 처음이야. 우는 동생에게 말했어.

찬아, 미안해.
네가 처음이야.

정말이야.
동생은 네가 처음이야.

개펄

접시 바깥으로 낙지가 기어 나온다.

양은 술잔에 막걸리를 따르고

홍시에 핀 수평선을 떼어먹고

꼬막이 삶아지는 동안

하루가 잘 익었는가.

갯벌이 영업을 개시한다.

계절은 무

나는 매일 화단으로 출근해.

약해지지 않으려면 나뭇잎, 온도, 창문 이런 미끄러지는 무늬가 필요하거든. 봐, 느림보가 안개를 피웠어. 평범한 여름이 내게 올까. 머리카락을 감으면 얼음이 녹아내려. 빙하야, 이제 너의 새로운 이름은 마음이란다. 우유를 운반할 준비를 마쳤니? 출렁거리는 유리들.

흰 털 뭉치로 차린 우리의 한 끼.
이제 우리의 시절에는 작별이 벌목처럼 유행할 거야.

난 말이야.
세상의 모든 돌멩이에게,
내가 저금해 놓은 마음을 선물해 주고 싶어.

오늘 종잣돈 없이 근사한 구름을 장만했거든.

그러니, 하얀 털모자야, 빨간 점퍼야,

걸음마 하는 딸아, 네 호주머니에서
시간이 빠져나갔다는 말은 금물이야.

총총.

가을이 오다니요.

맑고 깊어지고 있습니다.

당신의 하늘과 나의 하늘이 같고 다르다는 게 참 평범하고 신비롭습니다. 가을이 오면 유독 투명해지는 까닭은 무엇일까요. 더운 기운을 식히느라 사람들이 사색과 페이지의 시간에 머물기 때문일까요.

책을 읽고 책장을 덮었습니다. 요즘처럼 담대한 시절이 있었는가 싶습니다. 오후에는 판권이 30곳이 넘는다는 한 유명 작가의 강연에 갔다가 판권이 30곳이 넘는 유명 작가가 되는 꿈을 꾸었습니다. 이 가을에는 못 꿀 꿈이 없을 것만 같습니다.

오전에는 아픈 아이와 소아과에 갔습니다. 아이는 폐렴 수액을 맞았습니다. 바늘이 살갗을 뚫고 들어갔는데 아이는 울지 않았습니다. 오랜만에 찾아간 소아과였습니다. 꼬맹이가 그동안 컸구나 싶었습니다.

가을 햇살이 붑니다. 햇살 머금은 바람이 붑니다. 햇살 머금은 바람 곁에서 사람이 붑니다. 사람이라는 단어를 단어가 아닌 삶으로 쓰고 싶다는 간절함이 붑니다.

익어가고 싶습니다.
익지 않아도 좋습니다.

오랜 기간 쓰는 사람으로 착각하며 살아왔습니다.
이젠 쓸모 있는 사람으로 살아가고 싶습니다.

가을바람이 불어옵니다.
토도독, 따다닥, 받아 적습니다.

오후에는 설렜고

오전에는 아팠고

가을에는 마음을 더 쓰겠습니다.

저스트 워킷
ⓒ 박송이 2024

초판 1쇄 발행일   2024년 11월 25일

지은이   박송이
펴낸이   이문용
편집   복일경
디자인   페이퍼컷 장상호
펴낸곳   도서출판 세종마루
등록   제841-98-01732호
주소   세종시 마음로 322, 2201-602
전화   0507-1432-6687
E-mail   sjmarubook@gmail.com

ISBN 979-11-983476-3-3 03810

이 책은 세종특별자치시와 세종시문화관광재단의 후원으로 발간되었습니다.